のんべん
Nonbendarari na
Tenseisya
転生
〜貧乏農家を満喫す〜
4
Saku Sakura
咲く桜
illust 藻 Mo

Mirei
ミレイ
アウルの
幼馴染
「も、もう！
からかわないでよ！」

「ふふ、ミレイったら
まだ11歳なのに発育がいいわね」
Yomi
ヨミ
アウルのメイド
Luna
ルナ
アウルのメイド

「今はまだ成人前だけど、
成人したら俺と結婚してくれますか？」

アウル

貧乏農家の
息子

「い、いいんだよな？
目、閉じているし」

「私と一緒に帝国へ来て欲しいのです。
……私の『婚約者』として」
Miserale Von Lilinetta
ミゼラル・フォン・リリネッタ
帝国第三皇女

Nonbendarari na Tenseisya

のんべんだらりな転生者4

〜貧乏農家を満喫す〜

Saku Sakura
咲く桜

illust 藻 Mo

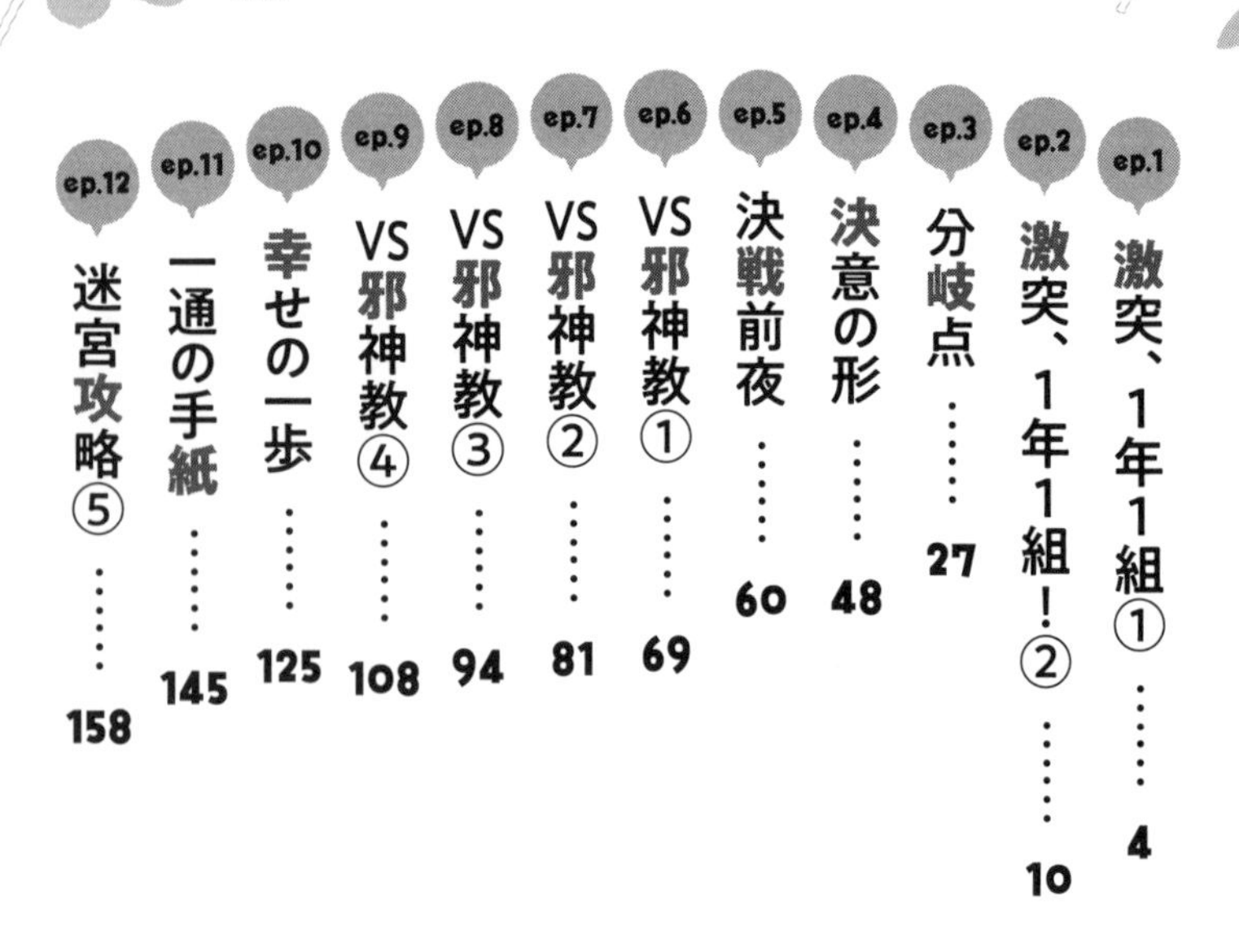

目次

ep.1 激突、1年1組①

俺の朝は早い。農家の息子の特性とでもいうべきか、日の出前には目が覚めてしまう。

ミレイちゃんも同じようで、俺が朝の支度をし始めているくらいで起きてくるのだ。

2人で朝の支度を終えて、一緒に畑作業に出るのがここ数日の日課だ。もはや夫婦然としたモーニングルーティーンである。

ミレイちゃんが俺の家に来た時、それはもう驚いていた。人が多く建物がひしめき合って狭いはずの王都に、比較的広い畑を作っているのだから驚くというものだ。

とは言っても、やっていることは家庭菜園に毛が生えたような程度だし、まだまだ広さは足りないと思っている。王都ではないにしても、いずれは広大な畑を作ってやるのだ。

魔力による強引な促成栽培のおかげで収穫量は確保できているが、実家に比べたら雀の涙だ。

それはそうと、図らずもミレイちゃんにプロポーズをしてしまったあの日以来、ミレイちゃんは俺の家から学院に通っている。

ミレイちゃんは好きだったし、こういう結果になったこと自体は喜ばしいことなのだが、やはり気恥ずかしさというものはある。

それでも努めて平静を保つようにしているのは、ある種の男の見栄というものだ。

だが、そんなのお構いなしに絡んでくるミレイちゃん。プロポーズ以来、かなり大胆になって

いる気がする。というか、なっている。

　騙し討ちのようなプロポーズではあったけど、気持ちに偽りはないし、言ってしまったものを撤回するほど俺は男を捨てていない。

　たださぁ、言うならもっとムードとかあるじゃん？　シチュエーションとかさぁ～……。

　辺境伯には腹が立ったので、何かあったらその都度絶対に仕返しすると心に誓っている。

「……ねぇアウル、この気味の悪い果実？　みたいなのなに？」

　朝の農作業をしていると、畑の一角にある『料理の実』が気になったらしい。いや、確かに気になるのは当たり前の風貌をしているか。

　ミレイちゃんには葉野菜やブドウの収穫をお願いしていたので気付かなかったみたいだけど、とうとう見つけてしまったらしい。

「それは『料理の実』って言うらしいよ。魔力を込めると、属性によって味が変わるんだ」

「すごーい！　そんな果物があるんだ！　こんな見た目なのに意外だね」

　物は試しということで、一つもぎって甘くした実を食べさせてみた。

「わっ！　これ美味しー！　いくらでも食べられそうだよ！」

　ミレイちゃんが気に入るのも無理はない。市場で売っているものや迷宮で採れた果物に比べて格段に甘いのだ。

　品種改良して糖度を上げた果物のような甘さをしているので、圧倒的に美味いに決まっている。込める魔力量によっては糖度を変化させることも可能だと最近気づいたので、やりようによっては料理の実から大量の砂糖を精製可能かもしれない。

……まぁ、甜菜からの精製に成功している今となっては今更だがな。

結局、そのあと追加で2つも食べたミレイちゃんは朝ご飯を辞退していた。梨ほどの大きさの実だもん、お腹がいっぱいになって当たり前だ。

お昼ご飯を2人分作って一緒に学院へと向かうが、学年が違うため校門からは別行動だ。

教室に着くとなぜかみんなざわざわしており、いつもと様子が違っていた。

レイとマルコを見つけて話を聞いてみると、今日は特別授業と呼ばれるものがあるらしく、午後に外の修練場に集合らしい。

モニカ教授が所用のため数日いないらしいのだが、どうやらその間に決まったようだ。

なにをやるんだろうと考えていると、毎度の如く説明台詞が得意なやつらがやってきた。

モブA「おいアウル、午後の特別授業の話聞いたか？」

モブB「俺らが聞いた話だと、1年1組との模擬戦をやるらしいぜ」

「模擬戦？　いったいなんのために？」

「なんでまた急に模擬戦なんだろうねぇ～」

「うむ、しかも1組というのが気になるところだな」

レイもマルコも同様のことを疑問に感じていたらしい。

モブA「なんでも、学院祭で1位を取った腹いせじゃないかって話だぜ」

モブB「しかもモニカ教授がいないのを良いことに、他の教授を脅して特別授業という名目で俺たち10組をリンチにするって噂だ」

モブA「知り合いの3年生に聞いたんだが、どうやらこの一件には3年にいる帝国の皇女が絡んでいるらしいぞ。これに関しては眉唾物だけど」

……うーむ。これは拙（まず）いことになったかもしれん。

俺だけならなんとかなるとしても、クラス全員となると普通に面倒だな。

「というか、1組には王女と公女がいたよな？　2人は何も言ってないの？」

モブA「あぁ、一週間くらい公務があって学院に来ていないらしい」

モブB「さすがに1組全員が悪いとは言わないけど、3年の手先が数人以上はいると考えていいだろうな。って、待てよ。もし勝てたら俺たちは1組よりも強いってことなのか！」

なんだか楽しそうな妄想をしているが、ひとまずスルーしておこう。

王女とアリスがいたらこんな茶番止めてくれると思ったんだが、そう上手くはいかないか…。

裏を返せば公務で2人がいないところを狙ったともいえるな。

モブA「言い忘れていたが、最重要ターゲットはお前らしいぞ、アウル」

モブB「あぁ、それは間違いねぇ。俺もそう聞いた」

……は？

「嘘だろ……」

2人が言うには、俺が主導で学院祭を成功させたと思っているらしい。確かに主導で動いたかもしれないけど、成功したのはみんなのおかげだというのになぜ俺がターゲットなんだ。

「なんで俺なんだ？」

モブＡ・Ｂ「「……」」

露骨に目をそらす２人。もはや隠す気ゼロだろ。

「なんか知っているなら、早めに言ったほうが身のためだぞ？」

そっと殺意というなにかを向けてあげると、２人はいとも簡単に口を開いた。

モブＡ「学院祭が終わった後、１位を取ったのが嬉しくなってみんなに自慢してたんだけど…」

モブＢ「その時にアウルが凄かったって一緒に言っちまってよぉ……」

モブＡ・Ｂ「「アウル、ごっめーん☆」」

もはや謝る気のない謝罪とともに素早く去っていく２人。

……全面的にあいつらのせいじゃねぇか！　いや、口止めしてない俺も悪いのか？

まぁ、なんにせよ事前に俺が狙われるっていうのがわかっただけでも僥倖だな。

これならまだ対処のしようがある。

……ふふふ。自分から目立つようなことをするのは馬鹿みたいだけど、迫りくる火の粉は払わねばならないよな。せっかくなので俺に楯突いたこと後悔させてやるとしよう。

ただ、相手は１組。天才や秀才が多いみたいだし、油断だけはしないでおくか。

「大丈夫～？　って、その顔を見る限り問題なさそうだね～」

「うむ、アウルの強さを以ってすれば、なんの問題もないだろう」

俺への期待値が高いのは嬉しいんだが、一応の問題があるとすれば勝ち方か。

1組の実力を知っているわけではないけど、負けるとは考えにくい。とはいえ、俺は10組で平民だ。派手にぼろ勝ちしすぎても悪目立ちするし、かと言って負けてやるつもりはない。後悔はさせてやるつもりだけど、その後も絡まれることは本意ではない。

適度に手を抜いて勝てればいいんだが、中途半端に強かったりするとタチが悪い。俺を狙ってくるのが頭の悪い貴族であることを祈るほかないか……。

祈ったところで、叶った例などほとんどないけどね。

激突、1年1組！②

今俺の前では4人の貴族が跪いている。しかもそのうちの1人が俺に物凄く熱烈な視線を向けてくれている。

この4人は、小国ながら他国に多大な影響力のある国の、4大貴族と呼ばれる家の子息息女たちだという。

平民ごときに頭を下げてよい身分ではないと思うのだが……。

「なんでこうなった……」

時は特別授業が始まる頃まで遡る。

午前の授業を終えて、久しぶりにレイとマルコと3人でご飯を食べている。

「ねぇアウル～、あの2人を許してよかったの～？」

「うむ、反省の色がほとんど見えなかったように思うが」

2人がそう思うのも無理はない。

「口止めしなかった俺も悪いし、いずれはこうなっていたと考えれば遅いか早いかの違いだよ」

それに面倒なことは早めに終わらせるに限る。

「って、時間もあまりなさそうだから俺たちもそろそろ移動しようか」

だけど、やっぱり嫌な予感しかしない。ここ最近でわかったが、俺の直感は意外と当たるんだよなぁ……。それも嫌な方面に関しては、まず間違いなく。

嫌な予感がしつつも、いつも通りの訓練着に着替えて軽く準備運動をしていると、1組のやつらとニタニタしているいかにも怪しそうな雰囲気の先生がやってきた。……なぜかその先生の横にはヨルナードまでいる。

あの野郎、今回のことを絶対楽しんでやがる！

顔こそきりっとしているけど、俺にはわかるぞ。

『えー、これから1組と10組による特別授業を始める。内容としては、1組と10組による模擬戦だ。10組には強い相手と模擬戦をすることで、よりよい経験を積んでもらいたい。1組もどうすれば効率的に戦えるか考えながら模擬戦に挑んでほしい』

一見、それっぽいことを言っているけど、要約すると1組が10組をボコボコにするってことだろ？　本当にひどい話だ。

とはいえ、1組全員がそうとは思えない。皇女の息がかかったやつらを見つけるか。

「悪意感知」

気配察知とは別で、俺に対して悪感情や害意を持っている人間を探すことができる。精度はそこまで高くないうえに、探し出せる空間範囲もあまり高くないのが欠点のひとつだ。

この魔法は書庫に籠って本を読んでいた際に偶然見つけた魔法で、それを俺なりにアレンジして作り上げた魔法だ。

この魔法がもっと前からあれば、どれだけ楽だったか……。

ただこの魔法は、というより万能ではあっても魔法は全能ではない。

悪意感知は相手の表層意識しか判断できないため、プロの暗殺者等には効かない可能性がある。

もっと言うと、感度が高い人間であれば魔法を行使したこと自体に気付いて何かしらの対策をしてくる可能性すらあるのだ。

なんにしろ、学生レベルには言っても反応すらできないと思うがな。

……明確な害意が4人、薄っすらとだがあと4人、いや5人か？

隠すのが学生とは思えないほど巧妙なのがいるな。これほど薄っすらとでは誰が害意を抱いているかわからんな。

あとは、隠す気もない馬鹿（ヨルナード）が1人。これは悪意というよりは好奇心って感じに近いな。本当にただの戦闘狂だな。

なんにしろ、悪意のないやつらは単純に模擬戦をするだけだろうから、そこまでの心配はいらないだろう。いや、間違いなく相手にならないだろうけど、本当にいい経験になるかもだな。

一応、馬鹿（ヨルナード）も目を光らせているみたいだしな。

「レイ、マルコ、あそこの4人を知っているか？」

悪意を持っている4人に視線を送ると、どうやら知っているようで答えてくれた。

「うむ、あの4人はかなり有名人だ。帝国の隣にあるレーサム王国という国の4大貴族の子息息女たちだ」

「レーサム王国は小国だけど～、他国への影響力が凄いんだよ～。魔道具開発も盛んだし～、純粋な軍事力も強いって聞いたことあるよ～」

レーサム王国。書庫で読んだ本にその名前があった。俺がちょうど読んだ本にはどちらかというと軍事力が強いということがメインで書かれていたっけ。

槍の名門『ランサーズ家』
剣の名門『ブレーディア家』
槌の名門『ハンマーズ家』
斧の名門『アクスィア家』

武の４名門と呼ばれ、それぞれが得意とする武器があるのが特徴の４大貴族だったはずだ。それぞれが公爵の位を持っている。

「へぇ……あれがその４大貴族の子供たちってわけか」
「うむ、全員が一流の武器の使い手らしいぞ」
「ついでだから、みんなの名前を教えてあげるよ～」

ランサーズ家次女
ランサーズ・フォン・リルティアナ
特徴：金髪縦ドリル
ブレーディア家三男
ブレーディア・フォン・アーガイル

特徴：学生とは思えないほど老け顔
ハンマーズ家三女
ハンマーズ・フォン・ミミュウ
特徴：怪力な小柄巨乳
アクスィア家次男
アクスィア・フォン・トリクラス
特徴：肌が褐色のチャラ男

全員キャラが濃すぎるんだが。1年目ではかなり有名らしいのだが、全く知らなかったな。というか、マルコが特徴も併せて教えてくれたんだが、特徴と言うよりも悪口に聞こえたのは気のせいなんだろうな。

だがあのブレーディア家の三男は見覚えがある。入学試験の時に見た正統派剣術を使っていたやつだ。魔力未使用なのに太刀筋が他と比べものにならないほどに速かったのを覚えている。

上級生の実力を知らないが、1年目の中では最強レベルではないだろうか。油断していたらやられる可能性は高そうだ。

他の3人も同じような実力だとすると、レーサム王国の軍事力というのは本物かもしれない。

『では特に対戦相手の組分けはしないので、お互いに好きな相手との模擬戦を開始してくれ！くれぐれも大怪我を負わせないように！　時間は今から3時間とし最低でも4人以上と模擬戦すること！　休憩は各自でとって構わない！　では、はじめ！』

あえて組分けをしないことで、俺を選びやすくしたってところかな？　なかなか手が込んいでるじゃないか。

それにしても、さっき俺に悪意を抱いていた残りの５人は誰だ……？　もう一度確認してみるしかないか。

悪意感知！

……あれ、いない。もしかしてさっきのを感づかれた？

渋々だが、ついていくしかなさそうだ。

だとしたら相当の使い手だな。注意しておいたほうが良さそうだ。どうせなので絡まれまいと他の学生のところに行こうとしたら、４大貴族の従者たちが俺を迎えに来てしまった。

「君がアウルですね、私はアーガイルと言います。どうでしょう、我々と模擬戦をしてもらえないでしょうか？」

思ったより丁寧な口調だ。俺が平民だとわかっていても、この対応をするとは。だが、後ろで凄い形相で睨んでいる従者たちが怖いんだが。さっきの悪意、間違いなくこいつらだろ。

「なんで俺なんですか？」

「理由はいくつかありますが、個人的に君に興味があるから、でしょうか」

平民が貴族に舐めた口をきいたつもりなんだが、怒る気配はないな。学院内では一応平民も貴族も平等っていうのがルールだから、それをちゃんと守っているのかもしれない。

学生とは思えないほどに精神が大人で、老け顔だから本当に1年なのかわからなくなりそうだ。

「俺としては、あなたたちに興味はないんですが」

「私たちがレーサムの4大貴族だと知っていてその態度ですか。余計興味が沸きますね」

あかん、こいつは頑固者タイプらしい。全く聞こうとしていない。

「はぁ、わかりましたよ……」

「では我々4人と戦って頂きます」

まだ10歳だというのに、老け顔に加えこの頑固加減。いよいよ同年代とは思えないぞ。

あだ名をつけるなら絶対『若年寄り』だな。

「じゃあ、最初は私ね」

どうやら順番は決まっているらしく、ランサーズ家のご令嬢が相手らしい。

「私はランサーズ家次女のリルティアナよ。見ての通り私の武器は槍だけど、あなたの武器はまさかそんな木の棒とは言わないわよね？　あぁでも、田舎出身の平民にはお似合いかしら」

カッチーーーーン。

ここまで人をコケにするとは、ある意味才能あるぞ。杖術は変幻自在の武術だというのに。

ニヤニヤしながら聞いてくるところを見ると、俺の主武器が杖だと知ってて言っているらしい。

見た目が良くても中身がこれじゃあモテないいんだろうな。

「……弱い魔物ほどよく吠えるんだよなぁ」

「なんですって⁉　減らず口が言えないほど叩き潰して差し上げます！」

特別授業の模擬戦では魔法の使用が許可されているが、相手に大怪我を負わせるような攻撃は禁止されている。

裏を返せば、怪我させなければいくらでも魔法を使っていいということになる。

つまり、俺に負ける要素はないということだ。

ちなみに、審判はアーガイルが務めるらしい。

「ではじめ！」

合図とともに突っ込んでくるリルティアナ。彼女の武器は短槍と呼ばれるもので、比較的短い槍だ。その槍も練習用とはいえ、かなり使い込まれていることから、相当な努力が窺える。

様子見で感覚強化と身体強化を発動したが、彼女も身体強化を使えるらしく動きはかなり速い。

槍の名門というのは伊達じゃないか。

「はぁっ‼」

掛け声とともに高速の突きが連続で何十回も繰り出される。感覚強化のおかげでギリギリ見切れる速さだが、やはり学生のレベルとは思えない。アーガイルだけじゃなく、これは全員が一定以上の練度とみて間違いないな。

「なっ……‼　これを避けると言うの⁉」

俺にいなされるとは考えていなかったようで、思考が止まってしまっている。

実力はあるのだろうが、完全に実戦不足だな。予想外のことに弱すぎる。

《杖術　槍の型　千枚通し》

超高速で相手を突くだけの技だが、回転を加えることで著しく貫通力を上げている。お互い、武器の先には布を巻いてあるので大事には至らないだろうが、当たり所が悪ければ怪我をする可能性もある。

一瞬の思考停止を狙ったために、判断が遅れたのか避けることもできずに見事腹部に命中した。咄嗟とは言え、僅かに急所を避けたのはさすが4大貴族というところである。

倒れたリルティアナに向けて杖を構えたところでアーガイルから声がかかった。

「そこまで。勝者アウル！」

「ちょっと！　私はまだ負けてないわ！」

リルティアナは思いのほか負けん気の強い子らしい。そこに関してのみは好感が持てるな。

「負けは負けだ、リルティアナ。潔く負けを認めろ。今回のことを次に生かすんだ」

「くっ……この借りは絶対返します！」

俺の思っていたことをアーガイルが説明してくれた。立場さえ同じなら、こいつとは良き友人になれた気がするのだが。

「次は俺様だぜ。俺の名前はトリクラス。お前に恨みはないが、少々痛い目にあってもらうぜ～！」

次はアクスィア家の人間か。見た目通りのチャラ男らしい。

「はじめ！」

トリクラスの持っている武器はフランキスカと呼ばれる戦斧。フランシスカとも言うらしいな。

あまり実戦向きではないように思うが、何を考えているんだろうか。

始まったと言うのにニヤニヤしていて、全く動こうとしないトリクラス。

やる気がないのかと思い、こちらから攻めようとしたら不意に首筋に嫌な気配が走った。

「っ‼」

ギリギリのところで横に飛んだが、直後にフランキスカが物凄い速度で通過していった。

「へぇ～！　やるじゃん！　あれを避けるとは思わなかったな」

高速回転するフランキスカを事もなげにキャッチするトリクラスは、見た目とは裏腹に実力は相当なもんだ。

というか避けるに決まっている。いくら刃が潰れているフランキスカとはいえ、当たったら相当痛いだろうからな。

ただ不可解なのは、投げたフランキスカが手元に戻ることだ。ブーメランじゃあるまいに。

「あははは～、この斧がなんで戻ってくるか不思議みたいだねぇ～。教えてあげないよ～だ！」

長引けばこっちが不利になるか。一瞬で終わらせよう。

《杖術　太刀の型　瞬閃》

紫電が後の先を取る技とするなら、瞬閃は先の先を取る技だ。

身体強化に加えて雷属性の魔力を体に纏うことで、雷速の如き速さを手に入れる技である。

これはルナの使う纏雷を応用した技だ。これを使ってヨルナードに勝とうと研究したのだが、
これでもまだヨルナードには届かない。悔しいが、本気を出したヨルナードにはまだ勝てないの

だ。なんでもありでならわからないが、技術のみで言えば俺なんてまだまだ達人クラスには程遠い。

「やる……じゃん……」

当たり方がよかったのか見事に意識を刈り取れたな。だが、すんでのところでガードしたこの男は実戦経験も実力も十分だ。足りないとすれば、自分の実力以上の相手と戦うことの経験かな。このまま鍛錬を積めば将来化けるだろうな。

ヨルナードには通用しなかった技だったから不安だったけど、学生には大丈夫だな。

「勝負あり。勝者アウル！」

なんであの斧が戻ってくるかわからなかったけど、当たらなければいいだけだ。アーガイルが気絶したトリクラスを運んでいるが、内緒で回復魔法をかけておいたのですぐにでも意識を取り戻すだろう。

「次は私です！　２人の分も合わせて完膚なきまでにボコボコにしてやるのです！」

怪力小柄巨乳で真面目ちゃん、ね。なんだかルナと似たような匂いを感じるのは気のせいかな。というかキャラに属性が付きすぎて、情報が渋滞を起こしている。

「はじめ！」

……そろそろ一旦休憩させてくれてもいい気がするんだけどなぁ。

ミミユウが使う武器は身の丈ほどある巨大な槌。彼女の身長が１１０㎝くらいだから、どれほどでかいかわかりやすい。

「そーれっ‼」

大ぶりな攻撃のため避けるのは簡単である。すっと紙一重で避けてやったら、地震が起こったかと思うほどの地揺れが発生した。

「……は？」

深さ30㎝、直径３ｍくらいのクレーターができてるんだけど？

あの武器木製だよね？　あんなの喰らったらいくら身体強化していても大怪我だぞ。

「えっへん！　私の力はどうだ！　恩恵『怪力』を使いこなす私には勝てないよ！」

「「あっ！」」

他の４大貴族たちが声を上げて驚いている。そりゃ驚くよな、恩恵をいきなりばらすんだもん。

うん、わかった。この子、アホの子だ。

「くらえ～！」

しかし、油断していたらさっきの倍近い速さで迫ってきたのだ。

「うおっ⁉」

「これも避けるの⁉　すごいすごい！」

次々繰り出される攻撃はどんどん速くなり、いつの間にか杖で逸らさないといけないまでになっていった。……遠心力による加速か？　攻撃の流れを見てみると、その全てが途切れることなく繰り広げられているため、どんどん加速しているみたいだった。

「アウル君、君って最高だね！　こんなに長く戦えたのって久しぶりだよ！」

一旦背後へと大きくジャンプして距離を取って一息つけたが、あの子はある種の天才かもしれない。ただ、惜しいかな。速度と威力は脅威だが、この子には致命的な欠点がある。

いなしたと同時にカウンターを決めてあげると綺麗にヒットする。

おそらくこの子は防御が下手、もしくは練習してない可能性がある。攻撃直後の体が常にがら空きなのだ。

結局技を使うことなく、簡単なカウンターを何回か当てたところで勝負は終了となった。

付け加えると、体力もまだまだ未熟。攻撃は最大の防御を地で行くタイプかな。これが大成したら誰も手を付けられないくらい強くなるだろうけどね。

「そこまで。勝者アウル！」

「ふぅ、さすがに疲れた。とりあえず、これで3勝だな」

「驚いたよ、アウル。君がここまでやるとは思わなかった。どうして10組にいるのか不思議なくらいだ」

うるせー。平民ってだけで10組なんだよ。

「疲れているところ悪いけど、次は私の番だ。審判はいなくてもいいね？」

「お任せしますよ」

肩をすくめながら返事をする俺。

「では行くぞ！」

木剣を構えたアーガイルが突っ込んでくるからとりあえず数合打ち合ってみてわかったが、こいつは前に戦った3人よりも強い。それも他の3人に比べて頭一つ出ているといっても過言じゃないだろう。

剣筋、剣速、技のキレや種類、どれをとってもレベルが高いのだが、特筆すべきは基礎の完成度合いだな。学生でこいつに勝てるやつはまずほとんどいないはずだ。

……だが、それだけだ。

ハイスペックのオールラウンダーと聞けば聞こえはいいだろうが、俺からしたら何も怖くないと感じてしまう。むしろミミュウのような極振り型タイプは何が起こるかわからない分、やり難いのだ。まぁ、これは俺個人の感想だけどね。

「やるな、アウル。君は私の好敵手足り得るかもしれない。だから、私も本気を出そう」

「今までは本気でなかったと？」

「魔法と恩恵を使わせてもらおう。光栄に思ってくれ、身体強化！」

あいつの恩恵は何だ？　って、消えたぞ⁉　身体強化も高いレベルで展開しているな。

気配は……上か！　俺も迎え撃たせてもらうぞ！

「ブレーディア流剣術　極意の一　雷鳴」

《杖術　太刀の型　紫電・返し》

見えないほど速いアーガイルの真上からの切り込みを、後の先でカウンターを狙うべく技を放った。紫電は詰まるところ、俺の技の中で最速の抜刀術でしかないが、《紫電・返し》はヨルナードとの戦いの中で得た技術の一つだ。

最速の抜刀術にカウンター効果を持たせた最速のカウンター抜刀術なのである。

俺の目前をアーガイルの技が通り過ぎ、アーガイルの胴体に俺の技が炸裂する。奇しくも上にいることにより、余計に重力の影響を受けているのかかなりのダメージを与えただろう。

普通の人間なら大怪我どころの騒ぎじゃないが、あいつは高いレベルでの身体強化を発動していたし、大事には至らないだろう。……念のために回復魔法はかけておくけど。

「俺の勝ち、でいいよな？」

視線を他の4大貴族に向けると素早く頭を振っていたので、俺の勝ちでいいだろう。にしても、最後は実はギリギリだった。あれが本来の使い慣れた武器だったら、もっとキレが良かった可能性もある。俺がヨルナードとの闘いでスキルアップしていなければ危ないところだった。

本当に学生とは思えないほど強かった。軍事力が強いと有名な国の貴族か、学生でこれほどの完成度であるなら、実践を積めば驚くほど強くなりそうだ。それにしても、恩恵か。やはり恩恵がもたらすものは絶大だな。

気を失っていたアーガイルは30分くらいで目が覚めた。

「……私は負けたのだな」

「そうよ。私たちは負けたわ。お姉さまになんて言おうかしら……」

「負けちゃったね～。まぁアウルは強かったし、仕方ないじゃん？」

「はいです。アウルは強くてカッコよいです。私は3年生よりアウル派なのです」

ん？　ん～～～？

最後の怪力小柄巨乳がなんか物騒なこと言っていたように聞こえたけど、気のせいだよね。

誰か気のせいって言って！　属性が渋滞起こしているようなやつに追われるの、普通に嫌だぞ。

「アウル、我々の負けだ。煮るなり焼くなり好きにしてほしい。敗者はただ勝者に従うのみだ！」

アーガイルに倣うように他の３人も俺の前で跪き始めてしまった。周りにはその光景を眺める生徒たち。影響力のある国の４大貴族の子息息女たちが、たかが平民に負けたうえにひれ伏しているのだ。

明日には間違いなく不穏な噂が流れること請け合いだ。

「なんでこうなった……」

「もう知っているかもしれないが。我々は3年生の皇女様にお願いされて、アウルの実力を測りに来たのだ」

「あぁ、いやそういうことじゃなくてな……。そもそも皇女って誰なんだ？」

「3年生にいる帝国の第三皇女様だよ。帝国は言わずと知れた大国だからな。いくら我らと言えど、帝国の言うことをないがしろにできるほど大きい国ではないのでね」

帝国ね。今のところあんまり関わりないから気にしなかったけど、今後はもう少し情報収集にも気を使ってみようかな。嫌な予感するし。

「それで、我々はどうすれば良い？」

別に他のクラスメイトに怪我人とかいるわけでもないし、俺もいい訓練になったと思えば存外悪いものでもない。

　でも、何かしらの対応をしないと納得もしないだろうし。うーん、そうだ！

「じゃあ、俺と友達になってくれないか？　今回のことは貸し一つってことでさ。だから、頭を上げてくれ」

　キョトン、という言葉がしっくりくる顔をする4人。俺の言葉は予想外すぎたか？

「ハハハハハハ、了解したよ。私たちは今日から友達だ！」

「ふ、ふん！　仕方ないから友人になってあげます！」

「おおっ！　んじゃ、これからもよろしく～！」

「仕方ないです。今回のところは、それで納得しておくのです」

　うむ、これでさらに4人の友達ができたぞ！　昨日の敵は今日の友ってね！

　というかミミュウよ。さっきからなんとなく物騒な発言はやめてくれ。ルナやヨミ、ミレイちゃんに聞かれたらただじゃ済まないぞ。俺が。

　ともあれ友達4人、ゲットだぜ！

ep.3 分岐点

1年1組との特別授業を無事に終えて以来、俺の日常は落ち着きを取り戻した。仲良くなった4人はなにかと10組に顔を出すようになったこと以外は平和と言ってもいいだろう。

皇女様が何か仕掛けてくるかとも思ったが、そんなこともなく無難な日々が続いている。

最近、モニカ教授があんまり学院にいないようだけど、聞いた噂じゃいろんな街を放浪しているらしい。名目は研究のための出張らしいが、給料が上がったからどこかで酒でも飲み歩いているだけな気がする。

まぁ、授業は他の教授がやってくれているし、実技もヨルナードが担当しているからなんの問題もないのだが。それもそれで問題だな。

というか、未だにヨルナードに勝てていない。魔法を使えばいいだろうという意見は置いておくとして、それを考慮してもヨルナードは本気ですらないからなぁ。Sランク冒険者というのは伊達ではないらしい。

季節はもう秋へと変わり始めており、暑かった気温も少しずつ人肌が恋しくなる気温へと変わってきた。

いつもこの時期になるとクインの動きがちょっとずつ悪くなってきていたのだが、進化を経たクインはそんなのお構いなしに元気である。

今でもたまの休日は一緒に迷宮へ潜って仲間の様子を見ている。ルナとヨミもついてきてくれるので、みんなでサンドイッチなどを食べてピクニック気分だ。もちろんミレイちゃんも一緒だ。

そういえば、肉串のおっちゃんの店も軌道に乗ったらしく、かなり繁盛していた。

試しに食べに行ってみたけど、席はほとんど埋まっていて驚いてしまった。もともと料理は美味しかったからポテンシャルは高かったのだ。

あの肉串は他では食べられないほど美味しかったし、そりゃ美味いうえに目新しさもあれば流行るってもんだ。

「投資というか人材発掘で稼ぐのも面白そうだな……」

とまぁ、最近の近況について確認したわけだけど、俺ってだらだらしたいはずなのに何かと忙しなく活動している気がする。性分なのかもしれないけど、やはり悔しい。

前世で世話になった恩師は『苦労は買ってでもしろ』と口が酸っぱくなるくらい言っていた。

よくよく考えたら普通に嫌だよな。苦労なんてないに越したことないし。

無難且つ平凡な暮らしが一番だよね。

「っと、着いたな。レブラントさんいる～？」

レブラントさんに学院祭のお礼も兼ねて挨拶に来たのだ。もちろん料理の実を辛味に変化させて、粉状にしたものを手土産として用意している。

拳ほどの大きさの瓶に10個用意したけど、喜んでくれるといいな。

「久しぶりだね、アウル君。ちょうど帝国に行商へ行って帰ってきたところだよ」

帝国とはまたタイムリーな話題だな。

「学院祭では大変お世話になりました。お陰様でなんとか収益1位が取れました。これはそのお礼ってほどじゃないですが、よければどうぞ」

「ご丁寧にどうもありがとう。こっちも学院祭のおかげでかなり稼がせてもらっているよ。より一層貴族様とのパイプが太くなったからね。まぁ、ちょっとした問題もあるけど些細なことさ」

ちょっとした問題か。おそくだけど、有料で設置したお菓子のことだろうなぁ。ただあれがなかったら3年1組には届かなかったんだからしょうがない。

「そんなことだろうと思いましたよ、レブラントさん。なので、いくつかレシピを用意しておきましたから、上手く活用してください」

「アウル君には本当に驚かされるね……。10歳そこらの子供とは思えないよ、本当に。学院を卒業したらうちで働いてほしいくらいだ。レシピについては今まで通りでお金を用意しておくよ」

商人という選択肢も悪くはないけど、俺はのんびりと農業やるほうが性に合ってるんだよな。

「ははは、買い被りですよ。それに俺は田舎でのんびりと農家をやる予定ですから。ただ、レブラントさんには今後ともお世話になりたいので、今度なにかプレゼントしますよ」

「それは残念だね。でもまぁ今後とも末永くよろしく頼むよ。それに君からのプレゼントだ、楽しみにしているよ」

その後も世間話をしていると、お土産の中身を見たのか、ジト目でこっちを見てくるレブラントさん。

ふいっと視線をずらすと、微かにため息が聞こえてくるがあえて無視だ。

「もらってばかりでは商人として立つ瀬がないからね。……これはまだ未確定の情報だけど、どうやら帝国で不穏な動きがあるらしいんだ」

「不穏な動き、ですか？」

レブラントさんが言うにはこうだ。

今、帝国では邪神教という宗教団体が悪事を働いているらしい。邪神教は昔から表舞台には出てこない裏の組織らしく、基本的に知っているのは各国の貴族や王族、一部の商人だけだと言う。

帝国ではその邪神教によってすでにいくつかの村がなくなっているらしい。また、数人の貴族も殺されているという。今のところは帝国での活動が多いらしいが、もしかしたら今後は王国にも影響が出始めるのではないかとのことだ。

そして何より、邪神教には戦闘能力が高い者が多く、なにかしらの秘術を持っているのではと噂されているらしい。

他にも呪いを使うだとか恩恵を複数使う人間がいるだとか、色々な噂話があるそうだ。

「邪神教ですか」

「うん。ただこの名前は迂闊には出さないほうがいい。……命を狙われるかもしれないからね」

「わかりました。俺ももっと気を付けるようにします」

「まぁ、アウル君なら何とかしてしまいそうだと思ってしまったけどね」

俺のことを高く評価しすぎだと思いながらも、レブラント商会を後にした。

邪神教か。邪神教自体は初耳だけど、邪神については書庫で見たあの本にも書いてあった。

一応メモはしておいたけど、もう一度ちゃんと見に行ったほうがいいかもしれない。どこかに見落としがあるかもしれないし。

そういえば貴族が数人殺されたって言ってたな。王国の宰相殺しも、もしかしたら邪神教による可能性もあるのか？　そうだとすれば、すでに王国にも魔の手が伸びている可能性があるな。

考え事をしながら帰路についていると、あっという間に家に着いてしまった。

ルナ、ヨミ、ミレイちゃんの3人は女子会をしてくると言って出かけているので、家にいるのは俺一人だ。正確にはクインもいるが。

まだ昼前だし、みんなが帰ってくるのは夜だろうから今ならなんでもできそうだ。

ということで、忘れる前にレブラントさんへのプレゼントを作るとしよう。

レブラントさんも一応マジックバッグを持っていたけれど、商人にとってああいう便利グッズはいくつあっても困らないだろう。

どうせ作るのなら使い勝手のいいものを作ってあげたい。それに、書庫で見た魔法陣を利用してみたいという気持ちもある。

「とりあえずは試作かな」

魔物の皮なんて選ばなければいくらでもあるので、材料に困ることはない。皮を加工してそれなりの大きさの頭陀袋（ずだぶくろ）っぽいものを作製した。試作なので見た目は二の次だ。

とりあえず10個作ってみたけど、出来栄えとしてはかなりいいんではないか？　手先を器用に生んでくれた両親には本当に感謝だな。いや、女神様にも感謝だな。

「あとは魔法陣と付与で、どの程度の機能が付けられるかだ」

書庫の本には基礎となる魔法陣が描いてあったので、今回はそれを使うつもりだ。ただ、魔法陣についてちゃんと学んだわけではないので、半分以上が我流によるものだ。

器用貧乏の恩恵のおかげで、ある程度まではそこそこできるようになっていると思う。

我ながらつくづくチートな恩恵だな。

結局その後も色々試してみたけれど、それっぽいものはできるものの、容量的には大したことない物ばかりが出来上がってしまった。

出来上がったものの中では容量300kgの物が最高で、最小では30kgのものだ。振れ幅に10倍以上の差がある。思ったよりも魔法陣というのは奥が深かった。

さすがにこれだけではプレゼントとして弱いので、皆に渡している指輪の腕輪版を作製した。障壁は1重だけで収納容量（10×10m、500kg）は同じ物だ。ただし、魔法が使えるようにはしていない。おそらくこれでもやり過ぎなのかもしれないが、レブラントさんには今後ともお世話になる予定だし、先行投資としてはちょうどいい。商人という生き物はタダほど高いものはないと知っている人種だからね。

「お腹減ったな……」

気付けば昼飯を食べるのも忘れて作業に没頭していたみたいだ。もうすぐ夕飯時だけど、みんなが帰ってくる感じはしないので先に風呂へと入る。

久しぶりにゆっくり1人で入る風呂は気持ちがいい。いや、正確にはクインも小さい桶で湯船にいるが。……頭に小さい手ぬぐいをかぶっているクインが癒しだ。

湯船でふと浮かんだのは、やはり邪神教のこと。

「明日は学校だし、授業が終わったら書庫で少し調べてみよう」

もしかしたらまだ読んでいない本になにか情報があるかもしれないしね。

その後も一時間くらい湯船につかり、風呂から出たけど3人が帰ってくる気配はない。

「もう夕飯の時間だぞ？　さすがに帰ってくるのが遅いと思うんだが、なにかあったかな？」

空間把握、気配察知！

本気でみんなの居場所を探ると、3人が何人かに囲まれているのがわかる。

だが、少し遠すぎて相手の強さまではわからない。

「……敵の数は10人だな。相手がチンピラか何かだったらいいんだが」

街のチンピラ程度では相手にならないだろうけど、万が一ということもある。すぐさま武器や防具を用意して出発した。夜っていうことも味方したので今回はクインを連れて行く。

全力の身体強化は当たり前だが、周りに風の障壁を発生させることで、風の抵抗を極限まで減衰できる。

「クイン、今は空間に隠れていてね。行くよ！」

ふるふる！

2階の窓から、文字通り風を切るように3人の下へと突き進む。

空間把握でわかるのは、相手がすでに4人しか起きていないということ。戦闘は始まっていると考えてよさそうだけど、これは取り越し苦労になりそうかな？

場所は城壁の中だけど、あの辺はたしか人通りが少なくうす暗い裏路地だったはずだ。

3人がなぜそんなところにいるのか気になるけど、今はそれどころではない。

近づくにつれて相手の強さが何となくだが伝わってくる。魔力量や動きなどから推測するに、残っているのはそこそこの手練れ3人とそれなりの強者が1人か。おそらくこの強者がトップだろう。ヨミとルナはかなり強いから大丈夫だろうけど、何事も絶対はないからね。周囲への影響を考えたりすると、実力が出せずに困っている感じかな。

伝声の魔道具を使っているのに、なぜか声が聞こえてこないし。

あと数分で着くから無事でいてくれよ！

SIDE：ルナ

今日はヨミとミレイと3人で女子会です！　女子会というのはご主人様に教えて頂いた言葉ですが、なんだかしっくりくるのでそのまま使っています。

お洒落をして3人でお買い物する予定で、前々から計画していただけに前日は楽しみすぎて7時間くらいしか眠れませんでした。

ご主人様はレブラント様に用があるとのことなので、朝ご飯を一緒に食べたあと、すぐに出掛けてしまいました。

きっと私たちが遊びに行きやすいように気を使ってくれたのだと思います。本当に優しいご主人様です！

「ほらルナ。今日は遊びに行くだけと言っても、念のために装備は持っていくわよ」

そうでした。今や私とヨミはAランク冒険者。備えを怠ってはいけません。

普段は指輪の収納に入れているけれど、手入れをしてそのまま寝てしまったので危うく忘れるところでした。

ミレイは私たちより4つくらい下だけど、今では姉妹であるくらい仲が良い。

ミレイも最近この家に引っ越してきて、一緒に住んでいます。物置だった部屋を片付けて、そこがミレイの部屋となっているのです。

そして今日はきっとご主人様にプロポーズされた話で持ちきりになるに違いないです。これぱっかりは私も詳しく話を聞きたいところですね。

正直かなり羨ましいと思うけど、私はまだ自分の過去について話せていない……。

そろそろ話していいとは思うんだけど、話すことでご主人様に迷惑がかかるのだけは避けたい。

私の大好きなご主人様。叶うなら貴方の傍にずっといたいです。たとえそれがどんな形であったとしても。

「ヨミ！　ルナ！　準備できたよ！　早く行きましょう！」

「ふふふ、そうね。天気もいいみたいだし、早く行きましょうか」

「はい！　では行きますか！」

　季節も変わってきているから、また可愛い服がたくさんあるかもしれません！

　ミレイはあまりお金を持っていないみたいだけど、ご主人様からミレイの分ということでお金をたくさん預かっているから買えないものはないはずです。それに、私たちも冒険者として稼いだお金がありますから、困ることもありません。

「ふふ、ミレイったらまだ11歳なのに発育がいいわね。それに、そんなセクシーな下着を付けてたなんて意外ね。ご主人様が知ったら喜びそうだわ！」

「も、もう！　からかわないでよ！　それに、ヨミのほうがセクシーな下着じゃない！」

「2人とも、声が大きいですよ！」

　あたりを見ると女性だけだったので良かったけど、こんなところを男性に見られたら、恥ずかしすぎて記憶が飛ぶまでなぐ……ゴホン！

　お昼はご主人様と仲の良いおじさまの所で食べました。ご主人様が入れ込むだけあって、かなり美味しかったですね。この辺りでは一番と言ってもいいでしょう。

　そこでご飯を食べながらミレイのプロポーズ話も聞きましたが、やっぱり羨ましいです。

　私もいつかご主人様とそんな関係になれたらいいなぁ、と思ってしまいました。自分の身分も忘れてそんなことを願ってしまったのです。

　そのあとは何軒も服屋を梯子して、気付けば夕方になっていました。楽しい時間というのはあっという間で、夜ご飯はきっとご主人様が作っているだろうという話になったので、今日はお開きとなったんですが、そこで問題が起きました。

「ねぇヨミ、私たちさっきからつけられてるよね」

「ルナも気付いた？　……しかもこの感じだと人数もいそうね」

「えっ？　私たちつけられてるの？」

ミレイは気付いてなかったみたい。でもそれも仕方ないかも。手練れが数人いそうだし。

「ヨミはどこの誰だと思う？」

「うーん、そうねぇ。良くてどっかの貴族の手下かな。最悪の場合だと裏の世界の住人とか」

「えっえっ？」

これはちょっと拙いかもしれないなぁ。

「ねぇルナ。こんな場所だと戦うのもままならないから、ちょっと遠くまで行きましょうか」

「そうね。ミレイもちょっと付いてきて。ここで離れるのは余計に危ないから」

家に帰ってご主人様に頼ってもいいけど、せっかくの休日にご迷惑をかけるのも忍びない。

まぁ、私たちは指輪を付けているし死にはしないだろう。いざとなったら伝声の指輪で声を届ければいい。

身体強化で屋根伝いに人気のない所へと行くと、気配がぴったりと付いてくる。

「この辺でいいかしらね。ほら、早く出てきなさいよ！」

ヨミの掛け声とともに黒装束の人間が10人ほど、影の中から現れた。

『我々の気配に気付いて場所を移動させるとは、さすがは水艶と銀雷か。だが、この人数の手練れを相手にしたら、いくらお前らでもひとたまりもあるまい。それに、足手まといも一人いるみたいだしな』

　足手まといっていうのはミレイのことかな？　私たちと比べれば確かにまだまだ成長の余地はあるけれど、ご主人様に鍛えられているから、その辺のやつらよりは強いはずなんだけどな。足りないのは実戦だから、今度時間をかけて実践を積んでもいいかもしれないね。

「それで、私たちに何か用かしら？」

『よくぞ聞いてくれた。と言いたいが、お前らに喋る義務はないのでな。早々に死んでくれ！』

　黒装束のリーダーらしきやつが言い終えたと同時に、素早い動きで迫ってくる10人。

　ヨミとミレイと3人で背中合わせにすることで死角をなくし、魔法で迎撃を試みる。

「ねぇヨミ、こいつら4人を除いて大したことないよ」

「そうみたいね。ミレイも無理しない程度にね！　いざとなったら障壁で対応して！」

「うん、わかった！」

　周囲に影響が出ない程度に戦うこと10分程度だろうか？

　比較的弱い6人はすぐに倒すことができた。だが、やはり手練れの4人がかなり強い。

『なかなかやるようだな。覚醒もしていない割にはやるようだ。余程鍛えているとみえる』

　覚醒ってなんだろう……？　それにしてもこの人たちの戦い方、昔どこかで……。

　それに最初こそ背中合わせで戦っていたが、相手の決死の攻撃のせいで分断されてしまった。

　ミレイはヨミと一緒に行動しているみたいだから、問題はないだろう。

『ふん、これ以上は時間がないか。お前らのご主人様とやらもそこまで来ているみたいだしな』

えっ、ご主人様が？　……本当だ！　もうすぐそこまで来てる！

『今日のところはこれで退いてやるが、時に銀雷のルナよ。いや、ルーナリアと呼んだほうがいいか？』

「!?　なぜその名前を！」

『ふははは、やはりあのお方が言っていた通りだったか。いいことを教えてやろう。お前のご主人様とやらが来る前にずらかるとしよう。いいか、あと数年で世界は変わる。その足掛かりとなる第一歩はもうすぐだ』

――――。

そう言って黒装束たちは去っていった。

「ルナ大丈夫!?」

「ルナ～！」

「こっちは大丈夫。どうやらご主人様がこっちに来るのを察知したのか、逃げたみたい」

その後、1分もしないうちにご主人様が到着して回復をしてくれた。

表面上は喜んで抱き着いたりしたけど、私の心の中はもやもやでいっぱいだった。

SIDE：アウル

現場に着くと、倒れている黒装束は6人だけだったので、残りの4人はすでに逃げたようだ。3人に話を聞いたが、特に手掛かりになるようなことは言っていなかったらしい。

ひとまずみんなが倒した6人を縛って家へ連れ帰ろうとしたら、すでにこと切れていた。

後始末を怠らないあたり、かなり徹底した集団だな。すでにこと切れているとはいえ、こいつらはひとまず国に突き出してしておこう。国王に渡しておけばなにかわかるかもしれない。

引き渡しには明日のうちに行くとしよう。

家へ着いて3人から改めて話を聞いたが、やはりヒントになるようなことは言っていなかった。

伝声の魔道具は途中で使おうと思っていたらしいが、敵が予想以上に強かったせいで余裕がなかったそうだ。2人をてこずらせるとはなかなかの手練れだな。街中でなければ余裕だったかもしれないが……。今後は市街地での戦闘を想定した特訓も必要だな。

しかし、3人を狙った理由とはいったい何なのだろうか？

「うふふ、ご主人様！　助けに来てくれて嬉しかったですよ！」

「私も！　ヨミとルナが守ってくれたけど、とっても怖かった！」

「……私も嬉しかったです」

ん？　なんとなくルナの調子がおかしい気がする。気のせいか？

「とにかく、ミレイちゃんはなるべく一人にならないようにね」

最初こそ恥ずかしがっていたが、俺がプロポーズしてからは一緒にお風呂に入ることもある。

ミレイちゃん曰く「ルナとヨミには負けてられない！」だそうだ。ルナとヨミが何か言ってもいい気がするが、それはしないので何か取り決めでもあるのだろうか？

俺も汗をかいたのでもう一度風呂に入ろうとなったのだが、ルナは少し疲れたらしく、あとで入るそうだ。

「ルナは一番強いと思われるリーダー格を相手に、一人で奮闘していましたからね」

そうだったのか。普通に疲れているのかもしれないな。

あとで念入りに回復魔法をかけてあげよう。

時間は深夜。みんなが寝静まり、俺もウトウトしていた頃、扉がノックされた。

「ん？　どうぞ？」

「失礼します、ご主人様」

入って来たのはルナだ。それに服装が薄着でかなり扇情的だ。なんだか良い匂いまでするし、今のルナはなんだか色気が凄い。

「こ、こんな時間にどうしたの？」

聞くや否やルナは部屋全体に障壁を展開した。

「ご主人様、私の昔話を聞いて頂けませんか……？」

「‼　うん、俺でよければ聞くよ」

どこか思い詰めた顔をしたルナは、椅子へ腰かけ深呼吸をした後にポツポツと語り始めた。

「私には両親と一人の妹がいました。小国でひっそりと生活していたのですが、ある時国に邪神教と名乗る宗教集団がやってきたのです。私の両親はその宗教団体の排斥運動をするグループの纏め役をやっていたのですが、邪神教は活動が過激で、一般人にも被害が出ることが度々ありました。私の身を案じた両親は、逃がすために国外である王国のルイーナ魔術学院へと入学させました。妹は年齢が足りなかったので、仕方なく両親のところに残ってしまいましたが……」

邪神教！　まさかルナが邪神教を知っているとは思わなかった。

というより、この話ぶりだとかなり根深く関わっているのかもしれないな。

「学院に入ったはいいものの、私は家族のことが心配で勉学が全く身に付かない時期がありました。しかし、両親から手紙が届き、そこにはとりあえず邪神教の暴動を鎮静化することに成功したと書いてあったのです。私も独自に調べましたが、行商人の方に聞いたら本当だと言っていたので、そこからは勉学に励みました。それからも定期的に手紙が届くので安心していたのです。しかし、いざ卒業して家に帰ると誰もおらず、荒らされた家と夥しい量の乾いた血があっただけでした」

邪神教の暴動……？　小国とはいえ、娘を他国に逃がすほどならもっと他国にも知れ渡っていてもおかしくなさそうだが、俺が知らなかっただけか？

「そこから私は手紙を読み返しました。読み返して初めて気付いたのですが、途中から僅かに両親の字とは異なっていたのです。言われて初めて気付くような僅かな違いです。今となっては誰が書いた手紙だったのかはわかりませんが……。あれだけ派手に活動していた邪神教もすっかりと大人しくなり、打つ手はありませんでした。私も邪神教については調べましたが、全く情報がつかめずに、家族の死を半ば受け入れていた時です。いきなり邪神教は私の命を狙ってきたのです。懸命に戦いましたが当時の私は弱く、手と目を怪我してしまいました。なんとか生き残るために、奴隷商へと身を隠したのです。名前をなくしたのも、追っ手を撒くためだったのです」

ヨミの過去もなかなか壮絶だったが、ルナの過去もかなりのものだった。

いくつか引っかかる点もあるが、聞いていいものか……。

「それで俺に買われたってわけね。どうして急に言おうと思ったの？」

「……今日襲ってきたやつらが、邪神教の可能性があるからです。私のせいでこんなことに巻き込んでしまった可能性があると思うと、黙ってはいられませんでした」

そういうことか。今日元気がなかったのもそれが原因だったんだな。

「気にするな。みんな無事だったんだし。それに、そうとわかれば対処のしようもある」

「いつもすみません、ご主人様」

カタカタと小刻みに震えるルナの手は、俺に嫌われるのではないかと不安だったんだろう。

そっと抱きしめてやると抱きしめ返してくるルナの感触が心地いい。というか発育がいいな。

そのまま抱きしめあうこと15分が経った頃にルナが離れた。

「ありがとうございました、ご主人様。ようやく眠れそうです」

「あぁ、ぐっすり眠ってくれ。過去を教えてくれてありがとう」

……あれ、俺も急に眠くなってきたな。夜も遅いし、早く寝なきゃ。

何となく眠りに落ちる間際にルナが喋る声がし、唇に何かが当たった気がしたが、猛烈な睡魔に勝てず、結局なんだったのかはわからなかった。

SIDE：ルナ

私の愛しいご主人様がやっと眠られた。睡眠の御香が全く効かないのには本当に焦った。

「ごめんなさい、ご主人様。……心よりお慕い申しております」

かわいいご主人様の口へと生まれて初めてのキスをした。そしてこれが最後のキスになるかもしれない。願わくば、また何度でもしたいものですが……。

ミレイとヨミには悪いけど、これぱっかりは許してね。

本当は純潔ももらってほしかったけど、さすがにそれはわがままよね。それに、戻ってこられたらその時はもらってほしいな。

部屋に戻り、ミレイとヨミ、そしてご主人様宛ての手紙を書いた。

奴隷契約は一番緩いものであったため、自由に動いたとしても大きな支障はない。ご主人様との唯一の繋がりでもある契約が、私に残ったたったひとつのものだ。

これ以上みんなを巻き込むわけにはいかない。それに、やっと家族の情報が手に入るかもしれないのだ。ここで引くことはできない。

まだ真っ暗の外に出ると、邪神教が言っていた言葉が頭の中で繰り返される。

『ふははは、やはりあのお方が言っていた通りだったか。いいことを教えてやろう。お前の両親は生きている。そして、妹もな。我らと共に来れば全てを教えてやる。今日の深夜までにまたここへ来い。そうすれば両親と妹に会わせてやる』

きっとここが私の分岐点なのだ。ご主人様たちと過ごした日々は本当に幸せだった。この日々があれば私はきっと生きていける。

「では、行ってきます」

いつか必ず、またここへ帰ってくると願って。

SIDE：アウル

朝目覚めたら、頭が少しぼうっとした。

夜にルナが来て過去について喋ってくれたが、きっと全てを打ち明けてくれたわけではないだろう。根拠はないが、過ごした日々のおかげで確信できた。

例えばルナが貴族または王族出身であることとかな。隠していたのかもしれないが、邪神教について知っているのは貴族か王族または一部の商人のみ。

そして排斥運動のリーダーを商人がやるとは思えない。よってルナは貴族か王族出身ということがわかるのだ。

そして王族か貴族だった場合、家族が殺されても何も情報がないとすると、おそらくその国は滅んでいる可能性が高い。でなければもっと情報が残っているはずだ。まぁ、小国が滅ぶことなどそれこそ歴史上では何度も起こっていることだけどね。

卒業した頃のルナといえば13歳だろう。きっと身寄りもなく相当に辛かったはずだ。

それに奴隷商に入るにも身分というのは重要になってくる。カスツールに聞けば何かわかるかもしれないが、ルナが隠していることを暴くようなことは極力したくない。

昨日の今日で不安だったので、念のためにルナの部屋に行くことにした。

しかし、そこには3通の手紙が机の上に残されているだけで、ルナの姿はどこにもなかった。

決意の形

ルナの手紙には生い立ちについて書かれていた。やっぱりと言うべきか、ルナは過去になくなった国の元王女だったらしい。

過去を明かさなかったのは、色々と因果があり迷惑はかけまいとしていたからだそうだ。そして、文の節々に俺への感謝の気持ちと謝罪の言葉が書かれていた。

なにより、読んでいくにつれ、滲んだ箇所が何か所も見受けられる。……まるで、書きながら雫が何滴も落ちたかのような。

最後のほうなんて震えるような字で『絶対に帰って来ますので、待っていてください。行ってきます』と書いてあった。

……俺は本当に馬鹿だ。

女神様のおかげで魔力や頑丈な体に恵まれ、前世の記憶のおかげでお金にも不自由していない。

結果的には全て俺の力だが、俺が全て独力で得たものじゃない。全て与えられた物ばかりだ。

別にそれが悪いこととは言わない。が、やはりそう簡単に済ませていい話ではない。

今まではそのことに目をつむり、好き勝手にやってきた。今まで得たことのない力を前に浮かれていたと言えば、まさにその通りだろう。

だが、ルナは違う。

最初は闘う力こそ手助けしたが、それだけだ。あとは自分の努力であそこまで強くなった。

そして誰かに頼ればもっと簡単に解決できるかもしれないのに、誰の力を借りるでもなく自分自身の力で何とかしようとしている。

……俺は自分が情けない！

のんべんだらりとしたいけど、大切なものも守れずにそんなことしている暇なんてあるかっ！

のんべんだらりとするのは大切な物を取り戻した後でも遅くない。

頑張った分だけ、その分ダラダラしてやる。

今更ながら覚悟は決まった。今までの俺は良くも悪くも、上手く流されて生きてきたと思う。母の言う通り、ちゃんと学院にも通っている。まぁ、いい出会いもあったわけだが。

流されることが悪いことだったとは思わないが、そこに俺の明確な意思があったかと言われると、それは否だ。

俺が手紙を読み終え、色々考えているとヨミとミレイが部屋へと入ってきた。

「あれ、ご主人様？　ルナは……？」

「ルナ、行っちゃったの……？」

２人はもしかしたら薄々気付いていたのかもしれない。

「ルナからの手紙だ。２人宛てのもあるから、ひとまず読むといい」

10分くらい時間をかけ、読み終える頃には２人は号泣していた。

「ご主人様。私は頼りないでしょうか……？　言ってくれれば手を貸してあげられたかもしれな

いのに」

　ヨミはずっとルナと一緒にいたから、そう思うのは無理もない。

「……アウル！　ルナお姉ちゃんを助けてあげたい！　私は、２人みたいにまだ強くはないけど……それでもできることはしたい！」

　ミレイちゃんは、いつもはルナとヨミと対等に話しているけど、本心では姉のように慕っていたのは知っていた。

「ルナは俺たちを巻き込みたくなかったんだろう。だから一人で邪神教の所へ行ったんだ」

　それに、手紙には「これ以上、家族や大事な人を失いたくない」とも書いてあった。

　俺たちの出会いは、いい形ではなかったが、今では家族同然のように思っている。

「「…………」」

「迎えに行こう、ルナを。そして、ついでに邪神教とやらをぶっ潰すぞ！」

「はい！　任せてください！」

「うん！」

　それと勘だが、今回の宰相殺しにも邪神教は大きく関わっている気がするのだ。そうと決まれば、やることはたくさんある。念のために国王には事の次第を説明しに行かねばならんだろう。

「ただ、学院を無断で何日も休むわけにもいかないし、幸い今日は学園が休日だ。明日は風邪ということで何とかしよう」

「と言いますと？」

「どうするの？」

「今から邪神教を潰しに行くぞ！　明日野郎は馬鹿野郎。思い立ったら吉日だ！」

「「えぇぇぇーーー!?」」

そんなに驚くことか？　大事な仲間が何かしらの理由で連れていかれたんだとしても、敵は所詮人間だ。言っちゃ悪いが人間ならなんとかなるはずだ。

テンドやヨルナードみたいなやつが出てきたら確かにヤバいけど、あんな規格外なやつはそうそういるものじゃない。ましてや、自然が相手というわけでもない。

「でもご主人様、どうやってルナの居場所を見つけるのですか？」

「そうだよ。居場所もわからないのに！」

「いや、わかるよ」

「「え……!?」」

書庫での成果が生かせる時が来たな。ルナの魔力は覚えているし、探し出すことは可能だ。ましてや、俺とルナの間には奴隷契約のパスが通じている。

「魔力サーチ」

対象をルナにセットして検索する。

場所は……ふむ。

「場所がわかったよ」

「どこですか!?」

「どこ⁉」

「行ったことがない場所だから断言できないけど、おそらくルナの現在地は帝都だね。今は動いていないから、そこに何かあるんだと思うよ」

ただ、昨日の夜いなくなったとして、もう帝国にいるというのはあり得るのか？

いくら何でも移動が速すぎる。

まさか空間魔法の使い手か、それに準じる魔道具か恩恵持ちがいるのか？

毎度の如くテンドのやつが絡んでいないだろうな。

「とりあえず場所はわかったけど、すぐに出発はできない。今から急いで支度をしよう」

「わかりました！　必要そうな物資は任せてください！　冒険者業で慣れております！」

「私は料理を作っておくね！　動きながらでも食べられそうなのを作っておくよ！」

「うん。そっちは２人に任せた。俺も少し準備したいことがあるから、もう家を出るね。昼までには戻るから。じゃあ行動開始だ！」

「「はい！」」

おおかたの準備は２人に任せておけば間違いないだろう。かく言う俺はちょっとしたリスクヘッジをするつもりだ。

限られた時間内だったが、なんとか準備は完了した。

「２人とも準備はいい？」

「もちろんです」

「準備万端だよ！」

急いで準備を終わらせ、もう少しでいざ出発という時に魔力サーチに動きが見られた。

「2人ともちょっと待って。……予定変更。このまま王都に残るよ」

「えっ、なぜですか⁉」

「何かあったの？」

「えっとね、ルナの魔力が物凄い速度で王国に向かって来ているんだ。進路を考えると、王都に来るんだと思う」

本当に凄い速さだ。この感じだと明日の朝には王国に到着しそうなほど速い。

かなり遠いけど、限定的に場所を絞れば空間把握いけるか？

やったことはないけど、空間把握と魔力サーチの同時発動をしてみよう。

魔力サーチ！　空間把握！

多すぎる情報量に頭が割れそうなほど痛いが、なんとか我慢できるぞ……‼

「っ⁉　まずい‼　大量の人間がバカでかい魔物に乗ってこっちに向かって来てる！」

あえて魔物と言ったが、これは間違いなくドラゴンだ。大きさ、魔力ともに桁外れだ。操っているのだとしたら、グランツァールにかけられていた呪いとも何か関係があるかもしれない！

「急いで国王の所へ行こう！」

俺のことは内々で話が通っているようで、無駄に時間を取られることもなく国王に会えることとなった。とは言っても一時間近く待ったが。

応接室で待っていると国王とアグロム宰相が入室してきた。それ以外の人は国王の一声で退室となった。

「アウルよ、そんなに急いでどうしたのだ。先ほどの件で何かあったのか？」

「陛下、もしかしたら陛下も何か掴んでおられるかもしれませんが、邪神教をご存知でしょうか？」

「「っ‼」」

思った通りだ。この２人はすでに何か知っている。

「アウルがどこでその名前を聞いたのかは問うまい。……確かに邪神教が近ごろ活発化してきたという報告は上がってきている。もしや、今回の一連の犯人は邪神教か……？」

「いえ、そこまではまだ。ただ、私の従者が１人、邪神教に連れ去られまして。魔力を追って居場所を確認したところ、どうやら帝国にいることがわかったのです。ですので、連れ戻しに行こうと思った矢先、魔力が動き始めたのでさらに調べたところ、どうやら王都へ向かって来ているようなのです」

「ふむ。それは、良いことなのではないのか？」

「……それと邪神教が何か関係あるのかね？」

「ほぼ間違いなく大量の邪神教徒が王都に向かって来ています。それも、何らかの方法でドラゴンを手懐けて、それに乗ってきています」

「「ドラゴン⁉」」

2人が驚くのも無理はない。あの強大なグランツァールでさえ抗いきれなかった呪いを使っているのだとしたら、最悪の場合を想定するとドラゴンが暴れ始める可能性だってあるのだ。

「この際なので聞きますが、邪神教が王都に攻めてくる心当たりはありませんか？」

「陛下、どうせ遅かれ早かれ知られるのです。アウル君には早期に言うべきです」

「そうであるな……。邪神教というのは名の通り、邪神を復活させることを目的としている宗教団体である。やつらが狙っているのはおそらく、邪神の復活方法が書いてある書物だろう」

え？　ちょっと待って。もしかしたら読んだことあるような、ないような。

「ちなみに、その本はどこにあるのか聞いても？」

「余は読んだことはないが、代々王家には保管場所についてのみ言い伝えられている」

うわぁ。なんだか凄く嫌な予感がする。

「その本はルイーナ＝エドネント、所謂学院の創設者が書き残したものだと言われている。そして、その本があるのは学院なのだ」

ほらねーー!?　思った通りだ!!

「ただし、その本は幾重にも結界が張られているうえに、一定以上の魔力を持つ人間でないと認識すらできない仕掛けとなっているらしい」

……やばい、汗が止まらない。

「そこまではわかっているのだが、学院のどこにあるかまでは言い伝えられておらんのだ。逆にその本の詳細な在処を知っているものがいるなら――」

でも待てよ？　教えてあげればかなり感謝されるんじゃないか？

「俺その本……」

「――最悪の場合、死刑もあり得るな」

⁉　あ、あぶねぇ‼

「……なぜ死刑なのですか？」

「仕方ないのだ。その本があれば邪神を復活させられる。それに、その本を認識できている時点でかなりの強者なのだ。そんな人物が邪神復活を望んでしまっては困るからのう」

確かに、言われてみればそんな気もしてくる。ただ、あの本には封印を強める方法も書かれていた。おそらくだけど、そこまでは伝承されていないのだろう。

俺が説明してもいいけど、これ以上は藪蛇な気がする。それに、国王が言う通り、あの本を公表してしまったら良からぬことを企むやつが出て来ないとも限らない。

……あの本のことは言わないことがこの世界のため、か。

「じゃあ、邪神教のやつらはその本を奪いに来ると？」

「おそらくだがな。おおかた、帝国で情報収集をして場所を探り当てたのだろう」

「となると、かなり拙いことになりましたな……」

アグロム宰相が頭を抱えているが、いったいどうしたのだろう？

「学院には我が国以外の生徒が多数おります。もしも学院になにかあったとしたら、国際問題に発展する可能性も出てきます」

なるほど。他国がここぞとばかりに叩きに来る可能性もあり得るというわけか。

世界が変わっても人間の考えることは一緒だな。

「話は変わりますが、アウル君。君は、学院は好きですか？」

急になんだ？

「ええ、まぁ？」

「おお！　それは良かった！　陛下、アウル君の手も借りられそうですぞ！」

「うむ、済まないアウル。今回も世話になる。無論、報酬はたっぷりと出そう」

なぜそうなる⁉　俺は騎士でも兵士でもないんだが！

「騎士団を街全体に配備しつつ、王城の警備、さらには学院までもとなると、些か戦力に不安が残りますな」

チラッ
「ふむ。学院の3年生は確か王国貴族の子息たちも数多くいたと記憶しているがどうか？」

チラッ
「はっ、私もそのように記憶しております」

チラッ
「これは国、いや世界全体に関係しうる話でもある。第1と第2騎士団を学院へ派遣せよ。3年生で戦えるものは騎士団とともに戦うように申し伝えるのだ！」

チラッ

「かしこまりました」

　チラッ
　先ほどから異常なまでの視線を感じる。というか、俺に向けて喋っているのはバレバレだ。

「ちょっとお待ちください。まだ邪神教が学院に来ると決まったわけではないのでは？」

「ふっ、アウルよ。其方は子供とは思えぬほど聡いが、決断力に欠ける節があるな。万が一に備え、もし違ったら余が愚かであったと言われるだけだが、備えずにいたせいで手遅れになったでは話にならん。余は国王であるからな。常に最悪の場合も考えねばならぬのだ」

「……」

　確かにそうだ。話の規模が大きくなりすぎて少し尻込みしてしまったが、国王の言う通りだ。

「無論、其方にも存分に働いてもらうぞ！　王命である、アウルは従者と共に遊撃に回るのだ。……もう一人の従者も助けたいのだろう？　であれば、自由に動ける遊撃人員として戦場にいるのはお主にとっても利があることだ」

「王命、なんとしてでも果たして見せます。……利があることと、遊撃として働くことは別なので、報酬はしっかりと弾んでくださいね」

「わかっておる。まったく……、子供と思って侮ると痛い目を見そうだ」

「誉め言葉として受け取っておきます」

　ルナが何を考えて邪神教についていったのかまではわからない。手紙にはその辺が書かれていなかったから。それでも俺はルナを絶対に助け出してみせる。

ep.5

決戦前夜

対策をとるにしてもやることは色々ある。どれくらいの邪神教徒が王都に向かって来ているかの把握なんかは最重要項目だ。

遠距離の空間把握は頭痛が酷いが、ルナのためにも国のためにも泣き言は言っていられない。ドラゴンに乗っているのがおよそ50人、飛竜タイプの魔物が30匹でそれに5人くらいが乗っている。敵勢力としては総勢200人前後が攻めてきている状況だ。一国を襲うにしてはかなり少ないが、それは敵が人間だけの場合だ。そこにドラゴンがいるとなるとまた話は変わってくる。

国王にその旨を伝えると、信じてくれたのかその想定で作戦を考えてくれるらしい。俺たちは遊撃部隊なので、その都度考えて勝手に行動していいと了承をもらっている。

国王は許可してくれても、実際に現場を取り仕切る人がいい顔しないのは明らかである。まぁ、いざとなれば国王の名を出すなりしてなんとかしよう。

王城を後にし、ひとまず家へと帰宅した。俺も色々準備しないといけないし、遊撃としての作戦も考えないといけない。

「ご主人様、私たちはどうやって動きましょうか?」

「うーん。まずは最大の目標であるルナに接触しようと思ってるんだけど、学院に被害が出たら拙いし、どうしようか」

「だったら私とヨミでルナに会ってくるよ。女同士のほうが話しやすいこともあるだろうし」

ミレイちゃんの言うことも一理ある。俺も行きたいけど邪神教もどうにかしないといけないし。

「わかった。ルナは2人に任せる。何かあったら空に魔法を打ち上げてくれ。そうしたらなるべく早く駆けつけるようにするから」

俺が迎えに行きたいところだけど、ルナを誑かした邪神教に鬱憤を嫌というほどぶつけてやる。

ちょうど書庫で読んで思い浮かんだ魔法がある。全員捕まえて国王の下に連れて行ってやろう。人に使うのは少し憚られるけど、今回ばっかりは遠慮はしないぞ。

……というか、俺の収納にあの本を仕舞えば邪神教に取られることはないんじゃないか？

俺は天才か⁉

邪神教のやつらも本がどこにあるかまでは知らないだろう。だけど、本を探すとしたらやっぱり本があるところを探すと想像できる。木を隠すなら森の中、本を隠すなら書庫の中ってね。

……なんだか急に学院に行きたくなったな。

「ちょっと学院に行ってくるから、２人も準備頼むね！」

「わかりました。お気をつけください」

「私も頑張るからね！」

ミレイちゃんは何を頑張るのかわからないが、やる気があるのはいいことだ。何かあったとしても指輪があれば万が一ということもないだろうし。

学院に着いたら真っ先に書庫へと向かったが、すでに大勢の騎士が配備されており、かなり厳重に警備されていた。国王も無駄に手際がいいな。

仕方ないので見つからないように学院を後にし、家に帰る前にレブラントさんのところへと寄って情報共有をしておいた。

レブラントさんのほうでも色々と話をしておいてくれるらしい。未確定の情報だということも伝えたが、念のために商業ギルド等にも話を通してくれることになった。これで少しでも被害が減ればいいのだが、こればっかりはどう転ぶかはわからない。

家に戻ると2人の姿が見えない。どこに行ったのか探していると、机の上にメモ書きが残されており、迷宮でミレイちゃんのレベルを上げてくるとのことだった。部屋にいたクインもいないので、どうやらクインも連れて行ったらしい。

リスクヘッジの一環に用意しておいたものだけでは不安なので、俺ももう一つ策を用意するとしよう。相手がドラゴンを用意するというなら、こっちもドラゴンに頼ったって誰も文句は言わないよな？

「というわけでグランツァール、明日の朝に操られているドラゴンが襲ってくるみたいなんだけど、手を貸してくれないか？」

『ほう。ドラゴンが人に手を貸す、か』

話した途端にグランツァールの声色と雰囲気が変わり、今まで感じたことがないほどの覇気が溢れだした。呪いにかかっている時もかなり危険な感じだったが、それとは比べものにならない。

「多分だけど、グランツァールに呪いをかけたやつらだと思うよ？」

『これはこれは。ちょうど療養も終えようと思っていたところだ。この際、リハビリも兼ねてそやつらを駆逐するのを手伝ってやろうではないか』

ただ、また呪いをかけられても面倒だし、どうにかなるもんなのか？

『呪いをまたかけられることはないだろう。それに我も馬鹿ではない。この療養の1年で対呪い用の魔法を編み出してある。まぁ、人間種には使用不可能な竜魔法ではあるがな』

竜魔法というのは聞いたことがないが、恐ろしく強力だろうというのは想像できる。敵にならないと厄介だが、仲間ならこれ以上ないほど頼もしい。

問題はどうやって連れて行くかだけど、まさかドラゴンのまま来てもらうわけにもいかないし、やはり人化してもらうのがいいだろうか。

「おそらく明日の朝に襲ってくるから、一緒に付いてきてもらってもいい？　できれば人化してもらえたら助かるんだけど」

『うむ、その程度はお安い御用だ』

人化を始めたグランツァールはどんどん姿が小さくなっていき、プラチナブロンドの長髪で高身長な細マッチョのイケメンへと風貌を変えた。灼熱色の目が印象的だ。

何も知らなかったら、本当に普通の人間にしか見えないんだな。ただ気になるところと言えば、尻尾が生えていることくらいか。

話を聞く限りだと、魔法で尻尾を見えなくすることも可能らしい。

しかもちゃんと服を着ている。魔力で作成することができるのかな？

「ふむ……、やはり人の体というのは何かと不便なものだな」

手を握ったり開いたりしながら感触を確かめている。

「……人の姿、めちゃくちゃ格好いいんですね」

思わず敬語になってしまうほど格好いい。人を惹き付ける魅力みたいなのが迸っている感じと言えばわかりやすいだろうか。さすがはドラゴンだ。

これがカリスマってやつなのかもしれない。

「何を言う。我はいかなる時もカッコいいのだ。アウルも我の足元くらいには美形なほうだと思うぞ。自信を持つがいい」

なぜかドラゴンにフォローされているのだが。いや、俺はこれからもっと成長して大人の魅力を獲得する予定だから問題ないのだ。

人化したグランツァールを連れて家へと戻るが、未だにヨミとミレイちゃんはいなかった。まだレベリングをしているらしい。気合い入れすぎて倒れなきゃいいけど。

というか、毎回毎回グランツァールって呼ぶのも長くて面倒だな。グラさんとか親しみやすくてよくないか？

「グランツァールのこと、今後はグラさんって呼んでもいい？」

「グラさん……。べ、別に構わんぞ」

素っ気ない返事に見えるが、尻尾が嬉しそうにビタンビタンと跳ねている。

感情が尻尾に出るタイプの人らしい。

遅くなる前に夜ご飯を作ろうと思うのだが、人化した時って普通にご飯食べるのかな？

「グラさんって普通にご飯食べる？」

「うむ、せっかくだからいただこう。アウルが作ってくれるのだろう？」

「もちろん。何か食べたいものとかある？　あと苦手な物とか」

「いや、我は何でも食べるぞ。何を作るかはアウルに任せよう」

お任せか。信用してくれているのは良いんだけど、逆にテーマをもらったほうがやりやすいんだけどなぁ。時間もまだあるし、少し手の込んだ料理でも作ろうかな。

勝負に勝つということで、今回料理するのは串カツとモツ煮込みだ。

まず串カツの前準備として、エビ・イカ・貝等の魚介類と、茄子や長ネギの野菜類、肉類等を串打ちしておく。

衣となる材料と串をたっぷり用意して下準備は完了だ。

あとは油をテーブルに用意しておけば、その場で出来立ての串カツが食べられる。

次にモツの味噌煮込みだけど、内臓系の肉はルナとヨミが以前狩りで調達してきたものを分けてもらっていたので、それを使用することにした。

下茹でを2回して洗うだけで、モツ特有の臭みがかなり抑えられる。ここでアクを抜いておくことが重要である。

一口大に切ったら切れ込みを入れて、根菜類と一緒に煮込む。

味付けを最初からしてしまうのは焦げたりするので最初は水で煮込み、ある程度火が通ったところで味噌等の調味料で味を調えてさらに煮込む。電子レンジみたいなものがあれば野菜も簡単に煮込み終わるのだが、こればっかりは難しいな。

煮込んでいくと水分が減るので、最初は少し味を薄めに作るのがコツだな。

それでも薄かったら、その都度味を足してもいいしね。

モツ煮込みを作っている間にもう一品としてポテトサラダを作った。

今日は、串カツ、モツの味噌煮込み、ポテトサラダ、パンだ。

ご飯が出来上がったタイミングを見計らったかのようにヨミとミレイちゃんが帰ってきた。

「おお、ちょうどよかった。2人ともおかえ……り⁉」

2人を見ると、今までにないくらい血まみれでボロボロの姿で帰ってきた。

すぐエクストラヒールをかけてあげたが、服についていた血は魔物の返り血だったらしい。

「えっと、色々あると思うけどとりあえず着替えてきたら……？」

「はい、そうさせて頂きます……」

「うん、着替えてくる……」

2人の表情がかなり暗いが、なにがあったのだろうか？

着替えてくる間に、食べる準備を整えてグラさんと話していたら、15分で戻ってきた。

風呂は入らずに『洗浄（クリーン）』だけしてきたらしい。

不意にヨミが近づいてきて耳打ちをしてきた。

「……えっと、すみません。先ほどは気付きませんでしたが、お客様でしょうか？」

「あぁ、それについてもご飯を食べながら話すよ」

ひとまずはご飯だ。グラさんもお腹空いたのか、さっきから涎が凄いしね。

「「「いただきます」」」

「うむ！」

串カツの食べ方を実演しながら簡単に説明してあげると、要領を掴んだのか皆すぐに食べ始めた。カラカラという音を立てながら揚がっていく串カツが素晴らしい。こんがり揚がった串カツを口へと運んだ。

やっぱり揚げたての串カツは美味いな‼

タレは一応用意したのだが、納得のいくものができなかった。

フルーツと醤油ベースのもので今回は代用した。

モツ煮込みやポテトサラダも好評で、すぐになくなってしまった。

ヨミはモツ煮込みが一番のお気に入りで、グラさんは全部、ミレイちゃんは串カツが気に入ったらしい。地味にポテトサラダもオススメだったんだけどなぁ。

ご飯を食べながら、グラさんを紹介すると2人とも驚いていた。特にミレイちゃんは初めてのドラゴンで困惑していたのが可愛かったな。

「みんな、少し早いけど今日は寝よう。今、邪神教の位置を確認したら、予想外なことに相手も夜だからなのか休憩しているみたいなんだ。ただ、向こうが朝方に移動を開始したとしても昼前には着くだろう。だから明日は早めに起きて学院で迎撃の準備だ！」

「はい！」

「わかった！」

「心得た」

念のため、常にルナの位置がわかるように魔力を追えるようにしたまま寝ることにした。相手が動き始めたらすぐにわかるだろう。我ながら馬鹿げた魔力量だ。

緊張しながらも寝たその日の夜は、自分が思うよりもぐっすりと眠ることができた。

ep.6 VS邪神教①

その日の夜、ある夢を見た。ある少女の家族が悪いやつらに人質に取られ、女の子が苦しみながらも家族を救うために悪事を働いているという夢だ。

「……夢……夢か。でもあの女の子――」

ピコン！

ルナの魔力を追跡していたサーチが反応した。

窓の外を見る限り、時間はまだまだ夜だろう。朝まで3時間くらいといったところだ。

そんな時間だというのに、邪神教が動き始めたということは、この調子でいけば明け方すぐくらいには王都に到達する計算になる。

これはだいぶまずい。予想よりも相当早いぞ‼　急いで国王の所へ行かないと！

……念のためにグラさんも連れていくか。今頃リビングのソファーで寝ているだろうけど、この際だし遠慮なく起こしていこう。

ミレイちゃんとヨミにも声がけして準備を促した。

「グラさん！　やつらが動き出した！　国王の所へ行くから付いてきてくれない⁉」

「国王……？　あぁ、あのハナタレ坊主の所か。いいだろう、一緒に行ってやる」

グラさんは意外にも寝起きが良かった。というか、国王をハナタレ坊主って。さすがと言うべきかなんというか。そもそも知っていること自体も驚きだけど。

　全速力で王城へと走ったのだが、俺が全力で身体強化した速さにも余裕で付いてくる。本当にドラゴンという存在の理不尽さが窺い知れる。

　……こっちはいっぱいいっぱいだっていうのに、そんな涼しい顔されると自信なくすぞ。

　それでもグラさんに尻を叩かれながら走ったせいか、過去最速だった気がする。

　夜だというのに衛兵の方は真面目に働いていて、この国も悪いやつらばかりではないのだと知ることができた。当たり前のことなんだろうけど、なんだか嬉しくなってしまった。

　碌でもない貴族なんかがいると、そのインパクトが強すぎて貴族全体が悪く見えるからなぁ。

　俺が人間関係に恵まれていて、質の悪い貴族とあまり絡みがないせいかもしれないけど。

　そういや、3年生の皇女様は下級生を使って俺を潰そうとしたんだっけ。

　……やっぱり貴族というのは質が悪いのが多いのかもしれない。

　時間も夜だというのに、王室へはすぐに通された。どうやら寝ないで作戦や情報収集を行っていたらしい。

「陛下、このような時間に申し訳ありません」

「そこまで言わんでもわかる。やつらが動き始めたのであろう？」

「その通りです」

「情報感謝する。こうなるのではないかと思って準備はしておった。お主が来た時点で伝令を走らせているから安心せよ。……まさかとは思うが、隣にいらっしゃるのは赤龍帝殿か？」

「赤龍帝？」

「よう、ハナタレ坊主。ずいぶん大きくなったのう。そういえば赤龍帝と呼ばれていたこともあったか。そもそも龍帝という存在を知っている者自体、少ないのだがな」

グランツァールは普通のレッドドラゴンじゃないのか……？

「あぁ、アウルには言ってなかったか。広義的にはレッドドラゴンで間違ってないんだがな。レッドドラゴンの中でも特に力の強い一体は赤龍帝と呼ばれるのだ」

えっ、ええ⁉　まさかの新事実なんだけど。グラさんってそんなに凄い存在だったの？

だとすると、そんな存在に呪いをかけたやつって何者だ……？　まず間違いなく厄介な相手なのだというのは想像に難くない。

「おお、やはり赤龍帝殿でしたか！　あの時お会いした姿から全くお変わりないですな！」

「当たり前だ。数千〜数万年生きる種族だからな。今回は相手方にもドラゴンがいるっていうじゃないか。それに、今回の相手にはちょっとばかし貸しがあるからな。手を出させてもらうぞ」

グラさんが赤龍帝だとわかってからは、国王の顔つきもやや温和なものになった。

さっきまではずっと難しい顔をしていたが、これでだいぶ戦力増強になって撃退する目途がたったということなのだろう。

「申し訳ないが、赤龍帝殿には相手側のドラゴンの相手をお願いしたい」

「おう、任せておけ。絶対に食い止めて見せよう」

呪いは俺が解けばいいのだが、完全に支配されている状態での解呪は成功するか不明なので、グラさんに抑えてもらう必要がある。

それに、呪われているとしてもどこかに呪印があるはずだ。それさえ見つけられれば何とかなるかもしれない。いや、なんとしても何とかしてみせる。

「アウルは変わらず遊撃に回ってくれ。各場所の隊長、団長クラスにはお主のことは通達してある。できれば厄介そうなところから撃破してもらえたら助かるがな」

……だろうと思ったよ。人使い荒すぎるんだよ、この国王。それができるから国王なのかもしれないけどさ。

報告を終えて家に戻ると、美味しそうな匂いが外まで広がっている。朝ご飯はトンカツかな？昨日の串カツが美味しかったのかな。

「ただいま～。国王に報告してきたよ。朝ごはんを食べたら俺たちも学院に行こう」

「お帰りなさいませ。勝負に勝つということで、朝食はトンカツとさせて頂きました」

「私も作るの、手伝ったんだからね！」

「ありがとう2人とも。そう言えば2人のステータスを最近見てなかったね。ついでだから確認しておこうか」

人族／♀／ヨミ／16歳／Lv.75
体力：6000

魔力：８３００
筋力：２８０
敏捷：３１０
精神：３５０
幸運：45
恩恵：色気
◇◆◇◆◇◆◇◆

◇◆◇◆◇◆◇◆
人族／♀／ミレイ／11歳／Lv.51
体力：３５００
魔力：５８００
筋力：１５０
敏捷：２１０
精神：２００
幸運：60
恩恵：効率化
◇◆◇◆◇◆◇◆

えっ、２人とも強くなりすぎじゃない……？
今回のダンジョン攻略でどれだけ鍛えてるんだよ。
ミレイちゃんも急激に強くなっているし、これなら少しは安心できるかもしれない。
そういや俺はどんな感じだろう？

人族／♂／アウル／10歳／Lv.98
体力：１０３００
魔力：４３０００
筋力：４４０
敏捷：４４０
精神：６２０
幸運：88
恩恵：器用貧乏

◇◆◇◆◇◆◇◆

おお。朝の鍛錬は欠かさずにやっていたおかげもあって、魔力の伸びはかなりいいな。と言っても小さかった頃に比べれば、伸び率はかなり落ち着いてしまったが。

もうすぐで11歳になるし、もっと強くなるには鍛錬の時間を延ばすしかないか。

農作業しながらできる魔力の鍛錬を考えてみよう。

「うん、みんなかなり成長してるね。特にミレイちゃん、無茶したのがわかるような成長率だよ」

「当たり前だよ。あとで後悔したくないもん」

俺の周りにはつくづくいい女しかいないな。……変なのも多いけど。

ヨミとミレイちゃんが作った朝ご飯を食べ終え、それぞれ装備を準備する。

グラさんはドラゴンが出張ってくるまでは人化したまま素手で戦うとのことなので、手ぶらでいいらしい。尻尾も隠さずに、最初から全開で飛ばすそうだ。少し楽しみだな。

「よし行くぞ！」

学院に着くと、すでにたくさんの騎士が迎撃の準備を進めていた。よく見ると、第2騎士団の団長と副団長も見えた。

そして騎士団員の中に紛れるように、制服を着た生徒たちも見える。

国王は3年生だけと言っていたが、2年生や1年生もちらほらいる。人が足りなかったのか、はたまた家の意向で来たのかは不明だが、その判断が凶と出なければいいが。

「アウル！　久しぶりね」

「うぉわ!?って、ミレコニアさん。どうしたんですか？　先輩もこの戦いに？」

「まぁ、そんなところよ。それにしても……アウルったら酷い顔してるわよ。嫌な夢でも見たの？」

夢……そういえば夢を見たんだ。重要な夢だったと思うんだけど、敵がそのタイミングで動き始めたせいで、すっかり忘れていた。

どんな夢だったっけ……？

「確かに夢は見たけど忘れちゃいました。それにしても、俺に何か用でもありましたか？」

「ふふふっ、何か用がないと話しかけてはいけないの？」

「あっいや、そういうわけでは」

「そうよね。私とアウルの仲だもんね」

そう言いながら俺の腕に抱きついて胸を押し当ててくるミレコニアさん。

きっとまた故意に当てているのだろう。もう思う存分当てて頂きたい。

「おっと、これ以上はそこの２人が黙ってなさそうだから止めとくわね。……いい？　アウル。絶対に自分を見失っては駄目よ。それじゃあね！」

またもや飛び跳ねるように去って行ってしまった。全くもって嵐のような人だ。

にしても、「自分を見失うな」か。どういう意味だ？

はっ⁉　殺気⁉

後ろから感じた殺気に振り返ると、そこにはムスッとしたミレイちゃんと、とてつもない笑顔なのに背後にエンペラーダイナソーが幻視できるヨミがいた。

このあとミレコニアさんについて尋問されたのは言うまでもないだろう。

こんな時だっていうのに本当ブレないね、君たち。

しかしこの争いを止めてくれたのは、意外にもグラさんだった。

「まぁまぁ、その辺でやめておいてやれ。考え方を変えればいいではないか。己の男がモテるというのは名誉なことだぞ？　それだけ優れた雄を射止めたということなのだから」

「それに…」と続けたが、「なんでもない」と言い終えてしまった。

しかし、グラさんの言い分は2人に届いたようで、満更でもない感じで納得してくれた。

……この2人、案外チョロいな。

「のうアウルよ、こやつら意外とチョロいの」

グラさんも同意見だったようだ。だが、チョロいというのは時として厄介にもなりえるから要注意だな。

その後、騎士団の指示に従いながらも邪神教の動きに意識を向けていると、確実に王都に向かってきていた。ここまで来れば十中八九、学院に来るのは間違いない。

「みんな、やっぱり邪神教は学院に来るので間違いないみたいだ」

「ルナは私たちが連れ戻します」

「アウルは邪神教を頼んだよ！」

あっ、せっかくなので秘密兵器を出すとしよう。

「ミレイちゃんとヨミには秘密兵器を渡しておくね」

そう言って俺が取り出したのは、一体のドラゴン型ゴーレムだ。お気付きだろうが、秘密兵器として古代都市にいたドラゴンゴーレムを持ってきているのだ。

こいつは俺に全くと言っていいほど懐いていなかったが、ルナとヨミがピンチだと伝えたらなぜか思案するようになって、俺にすり寄ってきたのだ。

これ幸いにと連れて行こうとしたが、ここで問題が一つ発生した。まさかのケーブルでエネルギー供給されているタイプのゴーレムだったのだ。

仕方ないので余っているゴーレムの核や素材を駆使し、独立型ドラゴンゴーレムへと改造させたのである。核を3つ使用しないと独立型へと改造できなかったが、その分出力も能力も当初より向上することができた。持続力はかなり落ちるけどね。

そのおかげもあって、改造した後のドラゴンゴーレムは俺にも懐いてくれたのである。このゴーレムがどれだけ強いかは不明だが、ないよりはマシだろう。

それに、もともと35層の魔物と同程度の強さは持っていたはずなので、まず人間に負けることもないだろうな。他にも思惑はあるが、今はいいだろう。

「ご主人様、このドラゴンゴーレムってまさか」

「そう、あの時のゴーレムだよ。念のためにね」

「名前はあるの？」

ミレイちゃんに言われて気付いたが、確かに名前をつけてなかったな。どうしようか。

「なんなら、ヨミとミレイちゃんで名前つけていいよ？」

そう言うと2人が悩み始め、5分くらいで決まった。名前は『シュガール』にしたらしい。

……シュガールってなんだっけ。なんか聞いたことがあるんだけど思い出せない。

そうこうしているうちに、遠目にだが空に黒い点が見え始めた。おそらくあれが邪神教だな。

……って嘘だろう？　明らかに一匹大きすぎるドラゴンがいるのだが。おおよその大きさはわかっていたけど、実際に見てみると尋常じゃないな。

「ねぇグラさん、なんか思っていたよりあのドラゴンが大きいんだけど」

「いや、あんなものだろう。我も解放すればあれくらいになるぞ。王都を破壊したくないのでしないがな」

とは言っても、相手があの大きさなのにどうしろってんだよ……。

「……ん？　よりによって、ドラゴンがレティアだと⁉」

「レティアって確かブルードラゴンの？」

「そうだ。レティアは青龍帝とも言われていてな。相性的に我よりも強いのだ。そして何より、我はレティアに攻撃ができんのだ……」

「なんで⁉」

「――――だからだ」

「え、なんて？」

「っ～～～わ、我の想い龍だからだ！」

……え、えぇぇ～～～～⁉　そんなの言うてる場合か‼

「攻撃しなくてもいいから！　少しの間だけ相手してもらえればいいんだけど！」

「我がレティアと争う？　フッ、我にはできん‼　なので、レティアを助けてやってくれ！　露払いは我に任せよ！　ただし、レティアをあまり傷つけないでやってくれよ！」

開き直りやがったこの駄龍。ふざけやがって。覚えてろよ……。

ドラゴン、もとい青龍帝と1人で戦うことが決まった瞬間だった。

ep.7 VS邪神教②

邪神教や青龍帝がすぐそこまで迫っているというこのタイミングで、グラさんのぶっちゃけ発言が炸裂した。

「グラさん、許すまじ」

「おお？　許してくれるか！　恩に着るぞ、アウル！」

何言ってんだ？　許すまじ……許すマジ？　って、あほかーい‼　そんな言葉遊びしてる場合か。

言い直してやろうとしたら、すでに人化したまま邪神教徒がいるところへと走り出していやがった。いや、違うな。逃げ出していやがった。

あんの駄龍っ‼

この鬱憤は全て的にぶつけよう。大魔法を使ったらたまたまグラさんがそこにいて、たまたま当たっても、それは仕方のない不運な事故ということだ。まぁ、俺の魔法がグラさんに通用するとは思えないのだが。

「……ご主人様が悪い顔をしていらっしゃいます」

「しっ！　見ちゃだめよ、ヨミ！」

２人が何か言っているが、もはや関係ない。

すでに邪神教のやつらも飛竜から地上へと降りてきているし、好き放題やらせてもらおう。

とは言っても、俺の最大の目標はあの青いドラゴン——青龍帝だ。

グラさんの力を借りられない今は、自分の力だけが頼りとなる。クインの力も借りたいけど、力不足なのは目に見えている。無駄な消耗は極力避けるべきだろう。

「しょうがない、俺もそろそろ行くかな」

「ご主人様、私たちもルナを探します」

「私たちで絶対ルナを連れ戻すから！」

「多くは言わない。ただ、死ぬな。そしてルナを頼む」

「「はい！」」

2人がルナのいるもとへと走り出した。場所は俺がおおよその位置を教えているので、近くに行くことができれば気配を頼りに辿り着けるだろう。

空には悠然と飛んでいる青龍帝が見える。背中にはたくさんの邪神教徒が乗っているのだろう。というか、あんな巨大なドラゴンが急に現れたら王都中パニックだろうな。レブラントさんや騎士団の人たちが上手くやってくれているといいけど。

ＧＹＡｏｏｏｏｏｏｏｏｏｏｏ！！！

「敵さんもそろそろ戦闘態勢みたいだな！」

青龍帝までの距離はおよそ８００ｍ。いくら学院の敷地が広いといっても限度はある。あまり大規模な魔法を使っては街に被害が出てしまう。使えるのは小中規模程度、且つ威力の高い魔法に限られるということだ。

「敵ながらたくさんいるなぁ」

俺がまず初めにやるべきは雑魚敵の掃討だ。敵が死なない程度に魔力量を調整して、と。

「サンダーレイン！」

邪神教徒たちが集まっているところめがけて、雷が降り注ぐ。絵面はかなり凄惨だが、雷自体の威力は抑え目なので死人は出ていない。スタン状態で動けなくする程度だ。

「ちっ。腐っても赤龍帝だな」

難なく全部避けてやがる。

まぁ、敵勢力の3割は削れたかな。騎士団や学院の生徒たちに奇異な目で見られているけど、気にしている暇はないのだが、なんだか敵方から強すぎる視線が1つある。視線の主を探すと、青龍帝様がこちらをじっと見ているではありませんか。

よく見ると青龍帝の背中にはもう邪神教徒が乗っておらず、完全に臨戦態勢のご様子。

狙うは青龍帝の顔面。弓を射るような姿勢で魔力を練ると、雷でできた弓が形成されていく。

「ひとまず、様子見の一発を打たせてもらうよ」

バシュッと音を立てて雷霆（らいてい）の矢が、青龍帝へと飛来する。

しかし、特に何をするでもなく水のシールドによって矢が掻き消された。それなりに魔力を込めたつもりだったが、予兆も事前動作もなく防がれるとは。

「でも、今の一撃で敵としては見てもらえたかな？」

先ほどよりも明確に意識が向いているのがわかる。一応、こちらの思惑通りではあるのだが、とりあえずの問題は青龍帝がどういった経緯でここにいるのかということだ。

最善としては、呪いによって操られていて、本来の能力が出せない場合。これなら俺にもまだなんとかなる確率が高い。時間を稼ぎながら呪いを解呪してやれば、青龍帝については解決するだろう。

ただ、最悪の場合は青龍帝が呪いで操られているわけではなく、自分の意思で邪神教に協力している場合だ。もしそうだった場合、本当に厳しい戦いになることが予想される。というか、十中八九勝てないだろう。

この是非を分けるためにも、コミュニケーションを取ってみるしかないか。

「青龍帝よ！　もしも俺の声が届いているのなら反応してくれないだろうか！」

『雷魔法を使った人の子ですね？　あなたに恨みはありませんが、私には時間がないのです』

言い終えると同時に大きく口を開け、そこから水弾が放たれた。避けることは容易いが、後ろには騎士団員や生徒たちがたくさんいる。さらにその後ろには学院があるせいで俺は避けるという選択肢は選べない。全て計算された一撃。瞬時に最適な攻撃方法を取るとは恐れ入る。

邪神教といい青龍帝といい、なんでこうも俺を制限して戦わせるのが好きなんだろうか……。

「障壁展開！」

通常より魔力を込めたものを10枚展開したけど、これで防ぎきれるか⁉

ドンッ‼

「ぐうっ‼……さすがは青龍帝の魔法。ただの水弾だけでこの威力とは信じられない」

威力は相当だったが、なんとか障壁10枚で防ぎきることに成功した。

『魔法？　勘違いしてもらっては困ります。今のはただ水を飛ばしただけ。魔法ではないですよ』

「なん……だと？」

一度は言ってみたかった台詞を、こんなところで言わされるとは思いもしなかった。それにしても、青龍帝は時間がないと言っていた。

もしかしたら、邪神教に従わないといけない理由があるのかもしれない。それをなんとかできれば青龍帝については解決できそうだが、このまま防戦一方のままでは何もできずに負けてしまう。

ひとまず青龍帝を怯ませるくらいダメージを与えないと、話にもならないだろう。相手は水属性を司るドラゴンだし、雷属性が弱点なのは明白だ。

超電磁砲（レールガン）を使えばダメージを与えられるかもしれないが、もし避けられでもしたら俺がやばい。あんな隙の多い技を使うのは、ここぞって時だけだ。

それでも攻撃の姿勢を崩すわけにはいかない。俺が防御に回れば一瞬で負けてしまう。

「俺も青龍帝に恨みはないが、学院を壊されるわけにはいかないんでね！」

サンダーレイ×10‼

威力自体は低いが、速度にはかなり自信がある。使い勝手もいいし牽制にはちょうどいい技だ。

『……龍帝という存在を舐めているのですか？』

迸る光線が青龍帝へと迫るが、またもや水のシールドによって防がれてしまった。本来なら水に対して強いはずなのに、シールドを貫くことなく掻き消された。

「……さすがは青龍帝サマだな。そのシールド、超純水だな？」

『驚きです。超純水を知っているとは思いませんでした。しかし、その程度の威力では、雷にはほど遠いですね』

『しかし、これ以上大きいといい的になってしまいますね』と言いながら光り始め、巨大だった青龍帝の体躯が３ｍくらいまで縮んでしまった。

「なんでもありかよ」

いや、グラさんでさえ人化できるんだ。大きさを調整するなど造作もないのだろう。

『格の違いを教えてあげますよ。本気で抗いなさい』

――水弾――

最初に飛んできた水弾は、直径10ｍはあろうかという大きさだったが、今飛んできたのは直径１ｍほどしかない水弾だった。

「さっきの水弾のほうが……っ‼」

障壁×20‼

さっきは広範囲に障壁を展開していたが、今は局部的に障壁を集中させて展開した。そうしなければ防ぎきれないと直感したのだ。

バリンッ‼　と、大量の割れる音とともに障壁が破られた。

威力はかなり減衰させられたが、展開した障壁は全て破られてしまった。それでもなお俺へと迫る水弾を指輪の障壁でなんとか防ぐことができたが、衝撃は防ぎきれずに後方へと吹っ飛ばされてしまった。

「おいおい、嘘だろ？」

体中に嫌な汗が流れるのがわかる。そして、青龍帝にとって俺が取るに足らない相手であるのだろうということも。

『人の子にしてはやりますね。本当ならばもっと遊んであげたいのですが……残念です』

さっきの衝撃もまだ抜けていないというのに。

エクストラヒール！

「勝負はここからだぞ！」

『回復魔法も使えるとは、本当に惜しい……』

俺はもう周囲に気を使っている余裕などない。これから使う魔法は一度使って以来、強すぎて使うことはないと思っていたものだが、もはやそんなことを言っている場合ではない。

「六竜招来(ろくりゅうしょうらい)‼」

火・水・風・土・氷・雷の属性竜を魔法で作り出す荒業だ。かなりの魔力を消費するが、俺の持つ技では三本の指に入るほどの威力を誇っている。さすがの龍帝でも、無傷とはいくまい！

六匹の属性竜が青龍帝へと向かっていく。さすがにその攻撃を食らうつもりはないのか、青龍帝も魔法を発動した。

『……人の子にして竜を操るとは。水龍召喚』

青龍帝の発動した魔法は、一匹の水龍を召喚する物だった。意味合い的には似たようなものだが、俺の発動した魔法とは規模が異なるものだった。

俺の六竜は命令に従うだけのものだが、青龍帝の水龍は自律して攻撃しているように見える。その差は明確に現れ、水龍に六竜すべてが食い破られた。そして、水龍は俺のほうへと迫ってくる。

即座に障壁を展開するも、あっさりと突破された。

「人が龍帝に勝とうと思うこと自体が無茶だったんだな」

水龍が目前に迫り、さすがにもう打つ手がないと思った時、今までの半生が思い出された。これが走馬灯っていうやつなのか。

村にいた頃にミレイちゃんと出した屋台や、ルナとヨミに出会った日。それ以外にもレブラントさんとの商談やランドルフ辺境伯との面会。例を挙げ始めればキリがないが、それも全ていい思い出だ。

願わくば、ヨミとミレイちゃんがルナを無事に助け出せていますように。

……衝撃に備えて目を瞑っていたのだが、一向に衝撃がない。もしかしてそんな間もなく俺は死んでしまったのだろうか？

『ふふふ、懐かしい波動を感じて帰ってきてみれば、いつも厄介ごとに巻き込まれていますね』

目の前に現れたのは一羽の純白の鳥。ルフという希少な種族で、スタンピードの際に助けてもらった過去を持つ。だけど、以前よりも神々しさが増している気がする。

「ハク……なのか？」

『久しぶりですね、アウル。ギリギリ間に合ったようで良かった。それに対して青龍帝、あなたともあろう存在が何をしているのですか？』

『ルフ……いえ、今はハクと名乗っているのですね。たとえあなただとしても私は止まるわけにはいかないのです‼』

それからは、やや大きくなったハクと青龍帝が戦い始めた。しかし、戦いのレベルが高すぎて何が起こっているかわからない。例えるなら怪獣大決戦という言葉がしっくりくる。

しかし、その時は突然訪れた。

ハクの攻撃と青龍帝の攻撃が衝突し、物凄い爆発とともに水蒸気が辺り一帯に広がった。ここまで来れば、もはや濃霧のレベルだ。

「魔力でできた霧……？　周囲の状況が把握できない⁉」

『人の子よ。この霧の中ならば私も話すことができます。聞きなさい』

何が起こっているんだ……？

『邪神教に私の仔龍が人質に取られています。ただ人質に取られているなら私でどうにでもなりますが、そうもいかないのです』

「呪い、ですか？」

　異次元レベルの強さを持つ青龍帝が邪神教に従う理由なんて、なにか理由があると思っていたが、まさか子供を人質に取られていたとは。

『驚きました。その通りです。先ほど、あなたは回復魔法を使っていましたが、もしかしたら聖属性の魔法を使えるのではないですか？』

「まぁ、使えますが……あぁ、なるほど」

　そういうことか。魔法の霧で結界のようなものを作ったのは、邪神教の監視から逃れるためだったのだ。そして、俺にお願いしたいのは、仔龍の解呪ってとこだろう。

『察したようですね。あの呪いは普通の呪いとは違います。龍種ですら防ぐことが難しいものです。おそらく、邪神の力を一部流用しているのでしょう。理由はわかりませんが、あなたからは微弱ながら神の気配を感じます。あなたが聖属性、それも強力な聖属性を使えるのはそのせいでしょう。そんなあなたに私の娘を助け出してほしいのです』

　なるほどね。きっとグラさんと同じような方法で呪われたのだろう。ルナは確か触媒を使った呪いだと言っていたが、その力の根源は邪神のものだったわけだ。

　そういえば、ルナは呪いに詳しかったがそれもなにか関係があるのか？

「わかりました。俺にできることなら手助けします」

『そうですか、なら早いほうがいいですね。ハクも手伝って頂けますか？』

『もちろんですよ、誰でもないあなたのお願いなのですから』

言い終えるが早いか、体が光ったかと思うとモデル体型の美女が2人立っていた。

ほぼ裸の状態で。

「えっ、ええっ!?　ちょっ‼　ふ、服をちゃんと着てください‼」

『ん……？　そうか、人化なんてすることないから忘れていました。これでよろしいですね』

『ふふ、アウルの前で人化するのは初めてでしたね。青龍帝よりも綺麗でしょう？』

青龍帝が魔力で作り出した服は童貞を殺すニットそのもので、何というかご馳走様です。それに対して、ハクが作り出した服は清楚系なお姉様な雰囲気だ。

『まぁ、私のほうが綺麗ですけどね。さぁ、私に掴まってください』

青龍帝に差し出された手を掴むと、乗り物酔いのような気持ち悪さとともに、周囲の景色が変わった。青龍帝はどうやら転移魔法を使えるらしい。俺も初めて経験したが、あまり好きにはなれそうにない魔法だ。

「ここは？」

『ここに私の娘が捕らわれています。そして、おそらくあなたが真に探している人も』

俺が真に探している人？　誰だ？　だが、ここで悩んでも仕方ない。

『私の娘をどうか頼みます……‼』

青龍帝が言うには、ここには龍避けの結界が張られているらしく、入ることができないのだという。正確に言うと、入ることはできるのだが、入った途端に感知されて呪いが一気に進行して死んでしまうらしい。

「じゃあ行ってきます。絶対に助け出すから」

『青龍帝、私もついていますので安心してください』

『ふふ、ハクもお願いします。制限時間は30分。ここは龍種でなくても人が入ったらおそらく呪いが進行し始めるでしょう。本当に申し訳ないですが、どうかよろしく頼みます』

視線を移すと、そこには大きな砦のような建物が見える。確かに魔力の結界のような物が感じられる。それもかなり高度で濃密なやつだ。

「ふー。腹を括るしかないな」

自身に補助魔法をかけまくり、全力で砦へと走り出した。

SIDE：ルナ

私の目の前にはボロボロになって倒れたヨミとミレイがいる。戦いたくはなかったけど、２人は死んではいない。そもそも殺す気は全くないのだけど。

怪我をして戦闘不能になるだけでいいのだ。邪魔者は全員殺せと言われたけど、私にこの２人は殺せない。絶対に殺したくない大切な人たちだ。

「本当にごめんね。絶対にあとで報いは受けるから」

私は無意識に涙がこぼれたことに気付かなかった。

ep.8 VS邪神教③

青龍帝の娘である仔龍を助けるために砦へと進むが、目の前に結界がある。これに敵だと感知されることで、呪いが始まる仕掛けだと言っていた。さて、どうやって進もうか。

相手の強さがわからない段階で、30分という時間制限が付くのはできれば避けたい事態だ。

……そもそも感知されなければ良いのではないか？

「バレないように進むことができれば一番なんだけどなぁ」

『アウル、ここは私に任せてください』

一緒に来てくれていたハクが聞いたことのない詠唱をすると、体の周りを魔力が覆った。

「これは？」

『結界に対して親和性の高い魔力で覆いました。これで少しは誤魔化すことが可能でしょう』

ハクの言うことを信じて歩みを進める。結界を越えるとねっとりとした魔力の壁があったが、なんとか通ることができた。ハクの魔力を纏ってはいるけど、違和感は拭いきれないためなるべく早く青龍帝の娘を探したほうが良いだろう。

「空間把握」

うぐっ⁉　予想の10倍以上広いぞ⁉　地下がかなり広いようで、30分でなんて普通に考えれば無理だろう。……俺とハクじゃなければ。

地下の至る所に警備をしている男女がいる。というか、ほとんどが女ばかりだ。きっと男のほとんどが学院へと攻め入っているのだろう。

いつもここにあの人数がいるのかと思うと、さすがに忍び込むのは無理だが、ちょうど良いと言って良いのかわからないが、ここにいる警備は50人弱だ。

「助け出した暁には、全員捕縛して蓄えられている素材や金品を頂いてしまおう」

そうと決まれば善は急げということで、これだけ広くても空間把握のおかげで迷うこともない。そしてすでに青龍帝の娘と思われる存在も目星がついている。

『っ‼　アウル、私は呪いの根源と思われる源泉を見つけたのでそこに行きます。ここから先は付いていくことができませんが、頼みましたよ』

「わかった。ハクも気を付けて！」

俺が目で追えないほどの速度で走り去っていった。先ほどのハクと青龍帝の戦いを見ても思ったけど、俺がハクに勝とうと思ったら、まだまだ鍛錬をしなければいけないな。

ここから先は一人ということで、気配遮断を入念にしながら、且つスピーディーに移動していくと、後もう少しで青龍帝の娘の場所というところで、あることに気付いてしまった。

「青龍帝の娘のところに行くにはこの部屋を通らないと行けないのに、明らかに人が待ち構えているんだよなぁ」

それも俺のよく知る人が。

人間不信になりそうだ。嫌いじゃなかったのに、こんなところで会うってことは、戦闘は不可避だよね、きっと。

そう思いながら扉を開けると、中は30m×30mくらいの大きな部屋に出た。そしてその中央には見知った人が立っていた。

「何でこんなところにいるんですか？　おっちゃん」

部屋の中で待ち構えていたのは、俺が懇意にしていた肉串屋のおっちゃんだった。今となっては王都の中でも有数の飲食店だと思っている。

いつもの肉串屋という服装ではなく、明らかに戦闘服。それなのにここにいるということは、つまりおっちゃんは邪神教徒だったということになる。

「おっちゃん、店が流行りすぎてこんなところに支店出したの？」

「坊主……お前だったのかぁ～……。なぁ、悪いことは言わねぇ。このまま帰ってくれないか？今だったら見なかったことにしてやれる。頼む、お前とは戦いたくねぇ」

わかりきっていたけど、新店舗出店のためではなかったということね。

「おっちゃん、一個だけ確認させてくれ。宰相を毒殺したのはなんでなんだ？」

「っ⁉　そこまで知られていたのか……。絶対にバレないと思っていたんだけどな」

その途端におっちゃんの殺意が一気に膨れ上がった。しかし、カマをかけただけだったのに、まさか本当におっちゃんが宰相毒殺の犯人だったなんて。

俺がこの推論を立てたのには理由がある。ヒントはテンドの一言。

『うん、間違いない。アウル、君は元宰相に毒を盛った人とすでに出会っている。その犯人の名前は――いや、これ以上教えるのは面白くないな。ここから先の答えは君が見つけるんだ』

最初にこの言葉を聞いた時は不思議に思わなかったけど、今となっては引っかかる部分がある。テンドは俺の記憶を読み取って犯人を識別していた。つまり、俺と面識がある人物で、正式な名前を知らない人間がいたとしたら、テンドも名前を知ることはできないのではないか？　ということだ。テンドは名前を『教えなかった』のではなく、『教えられなかった』のだと。

王都に来てからそれなりに交流があるのに、未だに名前を知らない人物となるとかなり限られる。そして、このタイミングで有力候補である人物が目の前に現れたのだ。この仮説を立てたのはこういう理由だ。

「おっちゃん……なんで、宰相を毒殺なんかしたんだ？」

俺は今でもおっちゃんが好きだ。しかし、この理由だけは聞いておかねばならない。

「……それが、邪神教を辞めるための条件だったからだ」

邪神教を辞める、か。ということはもともと邪神教だということだろう。しかし、邪神教に入るような人種が、宗教を辞めるなどどんなことが考えられるのか。そんなもの、一つしかない。

「家族を人質に取られたのですか？」

「‼　な、なんのことだ？　……なんのことか、わからないな」

言葉では否定しているのに、顔が驚愕に染まっている。おっちゃんは否定しながらも俺に首元を見せつけるようにしている。

おっちゃんの性格がいいのもきちんと理解している。そのうえで、おっちゃんがなぜ邪神教にいたかどうかというのも気になるが、ここにいたくているわけではないということは間違いないはずだ。

　おっちゃんの示している首元が見える位置まで移動すると、そこには見たことのある禍々しい跡があったのだ。間違いない、あれは呪いの跡だ。

　おっちゃんは家族を人質に取られていることを言えない状況なのだろう。そのことを他人に言うと呪いが進行してしまう、とかね。

　周囲をもう一度丁寧に探ると、おっちゃんを常に監視するような魔力の痕跡が感じられる。つまり、おっちゃんは誰かに見張られている状況だということだ。

「悪いな、坊主。お前のことは好きだったが、俺にも理由があるんでな」

「おっちゃん、俺を信じてくれ」

　全力の身体強化、感覚強化、遅延呪文を発動する。さらに本気の魔力重圧とダウンフォースをおっちゃんに向けて発動した。

「うぐっ……これほどとは……！」

　さすがに初手でここまでやられるとは思っていなかったのか、完全に動きを止めることに成功した。その隙に、いつもより念入りに魔力を練る。チャンスは一度だけ。失敗は許されない。

　おっちゃんの呪いを解くのは簡単かもしれないが、それをしてしまえば監視をしている存在に俺のことがすぐにバレてしまう。それも含めて、対処する必要がある。

　さらに言えば、人質に取られているであろうおっちゃんの家族も同時に助ける必要がある。

俺がやらないといけないことは多いが、なんとかするしかない。

これは簡単にいかなそうだが、それでも絶対に助ける。

直感と言うべきだろうか？　特に前触れもなく、ただなんとなく横へと本気で跳んだ。

「なるほどな。躱されたのは初めてだぞ」

さっき完全に動きを止めたはずだというのに、すでにその全てを掻き消されていた。

「ふんっ！　前々から凄いとは思っていたが、ここまでとは思わなかった。俺も本気で行かせてもらうぞ！」

何かしたのは間違いないんだろうけど、何をしたかすらわからなかった。さっきの攻撃を躱せたのも本当にたまたまだ。俺が躱せたのは、ヨルナードとの模擬戦や迷宮での修業をしているおかげだろう。

俺がさっきまでいたところに視線を移すと、何か鋭いものが通ったように地面が抉れていた。

「……おっちゃんって、めちゃくちゃ強い？」

「まぁ、普段は隠していたからな。それに、このことは家族も知らないから坊主が初めてだ」

‼　これは間違いなくおっちゃんからのヒントだ。おっちゃんの家族は、ここにはいないということ。つまり、今も王都にいて見張られているということになるのだろう。

なるべく打てる手は打っておいたほうがいいだろうな。

「いやいや、まだまだこれからだよ！」

「楽しみたいところだが、時間がないからさっさと終わらせてもらうぞ」

その瞬間におっちゃんがブレた。

なんとか対応するが、空間把握をしていないと難しいレベルでの速さだ。

おっちゃんの強さが、まさかのヨルナード級だ。俺って何でこんなに運が悪いのか。ステータス上では運が高いはずなんだけど……。

ステータス嘘つくじゃん！　畜生！

この部屋が広いといっても、暴れまわれるほどの広さはないし、おっちゃんを殺すつもりもない。しかし、時間もあまりないという制約がある。青龍帝の娘も然り、おっちゃんの家族然りだ。

「悪く思うなよ、坊主」

言葉と同時におっちゃんの姿が消えた。空間把握で位置は把握できるが、超高速で部屋中を縦横無尽に駆け巡っているようだ。

「おっちゃんはなぜ邪神教に入っているんだ！」

「……坊主にはきっと、一生わかんねぇよ」

くそ、声掛けも意味なしか。仕方ないが、行動不能にする程度に切るしかない。収納から瞬時に杖を出して構える。型は八相の構えだ。

杖には十分に魔力を纏わせているが、さっきの見えない鋭い攻撃を防ぎきれるかは分からない。これはある意味一か八かの賭けでもある。

構えを解くことなく待っていると、微かにだが右から殺気が感じられた。それを確信した俺は、殺気目掛けて的確に技を発動した。

《杖術　太刀の型　陽炎(かげろう)》

「残念だが、その殺気はフェイクだぜ」

唐突に左からおっちゃんの寂しそうな声が耳へと届いた。すでに左へと振りかぶっている俺が止められる道理は本来ならばない。そう、本来ならば。

「信じてたよ、おっちゃん」

俺の言葉とともに、左へと振りかぶっていたはずの俺の姿が掻き消え、右へとすでに攻撃を発動している俺へと姿勢が変わった。

「なにっ⁉」

陽炎という技は、文字通り蜃気楼のようなものを発生させる。前世では殺気や氣などで自分の気配を相手に誤認させる程度の技だったが、この世界での陽炎は一味違う。魔法を応用して本当に蜃気楼を発生させているのだ。

おっちゃんも咄嗟に俺の攻撃に合わせたが、一瞬早く杖の攻撃が鳩尾へとヒットした。死なないように手加減する余裕がなかったため、ほぼ本気の一撃だったと思う。

それでもさすがというべきか、ヒットの瞬間後ろへ僅かに飛んだのだろう。手応えに違和感があった。これなら死んでいるということもないはずだ。

「勝負ありだよ、おっちゃん」

「ごほっ……まさか、覚醒もしていない坊主に負けるとはな」

「覚醒？」

「……なんだ、坊主はそんなことも知らないのか。教えてやりたいところだが、俺にそんな時間はもう残されていない。厚かましいお願いにはなるが、俺の家族をどうにか――」

「おっちゃん、俺には守らないといけない人がすでに3人いる。それ以上は厳しいんだ。それに、自分の家族は自分で守らなきゃね！」

「だけど、俺には……あれ？　首にあった呪いが、ない？　なんで？」

俺は誰にも察知されないようにゆっくりと魔力を練りこみ、杖で攻撃する際にその聖属性の魔力を直接流し込んだのだ。

「ううう っ……‼　すまねぇ、すまねぇ‼　じ、実は！　俺の家族が邪神教のやつらに見張られてるんだ！　俺の呪いが解けたらそれを察知されてしまう！　どうにか、家族をたすけ――」

「大丈夫だよ、おっちゃん」

俺が実際に行っておいたリスクヘッジ。そのひとつの一環に、王都への戦力分散がある。俺が信用できる戦力のうち、ゴーレムのディンとクインを置いてきたのだ。そして、先ほどディンとの繋がりを利用して指示を出し、おっちゃんの店へと向かわせたのだ。

完全に安全が確保できたとは言い難いが、俺の持ち得る戦力でも最高戦力を護衛に投入したのだ。これ以上に安心できる戦力はなかなかないはずだ。

「う、うおおおおっ‼　すまねぇ、すまねぇ‼　恩に着る‼　この恩は絶対に忘れねぇ‼」

監視していたであろうやつへの対策だが、この空間への干渉を遮断させてもらったのだ。障壁の展開を応用し、魔力を遮断したのだ。これは、入口にあった結界を見たから思いついた案でもある。まさに、邪神教のおかげでもあるのだ。

「おっちゃん、この先には青龍帝の娘がいるってことでいいんだよね？」

「あぁ、その通りだ。俺はもう邪神教を抜けるからなんでも教えてやれる。坊主が今回の件に関わっているのは、あの奴隷の嬢ちゃんのためだろう？　だが、ここに嬢ちゃんはいない。ただし、邪神教を追い詰めるための切り札はあると言ってもいいだろうな」

「切り札？」

おっちゃんが教えてくれた内容は、驚くべきものだった。

「じゃあ坊主、いや……アウル。この恩は絶対に忘れない」

宰相殺害の件は確かに許されることではない。しかし、俺はこのことを国王に伝えようとは思えなかった。実行したのはおっちゃんかもしれないが、その黒幕は邪神教なのだ。このことだけを伝えようと思う。このことは俺が墓場までもっていくつもりだ。

おっちゃんとの会話を終え、急いで青龍帝の娘のもとへと走るが、全くと言っていいほど敵の姿がない。気配察知や空間把握にも反応がない。ここはおっちゃん一人の担当だったのだろう。まぁ、あれだけの戦力を考えればそれも頷ける。

魔法を使ってもすぐに掻き消されたし、おっちゃんの能力は未知数だ。たまたま接近戦を仕掛けてくれたおかげで勝てたけど、もっと違った戦い方だったらどうなったかはわからない。

「……世界はまだまだ広いな。っと、着いたか」

大きな扉のある部屋へとたどり着いたが、大きな南京錠がいくつもついており簡単には入れてくれなさそうな感じがする。まさに強固な扉だ。

試しに刀で切ってみたけど、全く切れる気配がない。魔法をぶち込んでもいいのだが青龍帝の娘に当たったら目も当てられない。

「時間がないのに……。あっ」

頭が固くなっていたかもしれない。

全開で身体強化を発動して、っと。

「よいしょーーー!」

力任せに蹴り破ってみた。

扉の隣の壁を。

そこまで厚くなかったのか、ガラガラと音を立てて崩れていく壁。なんだか『強固な扉』が悲しそうな気配を醸し出しているが、同情するつもりなどない。

中に入ると、複雑で大きな魔法陣の中に苦しそうに横たわっているドラゴンが見える。これがきっと青龍帝の娘なのだろう。かなり苦しそうなのであまり時間はない。

「すぐに助けてやるからな」

『グル……?』

呪いの源を探知してやると、青龍帝の娘からは全くその気配がない。どうやら呪いはこの魔法陣が媒介となっているようだ。

「対象さえわかればこっちのもんだな」

セイクリッドヒール！

1／4の魔法陣が消えた。一回でそれしか消えないとかどんだけ気合い入ってんだよ。今更だけどこの魔法陣どこかで見たことあるような……。とりあえず、今悩んでも仕方ない。

セイクリッドヒール×3‼

神聖な光とともに魔法陣が消えていき、苦しそうに鳴いていた青龍帝の娘の雰囲気が少し落ち着いたように思う。

「って、まだ助けないといけない人がいるんだった！」

急いで近くにあった部屋に入ると、今にも意識を失いそうな大人2人と子供1人がベッドに横たわっていた。

セイクリッドヒール！　パーフェクトヒール！

回復魔法のおかげで一命は取り留めたように思うけど、失った体力はすぐには戻らない。気休め程度にはなるだろうけど、本格的には美味しいご飯と十分な休養が必要だろう。

安心したように眠り始めた3人を見ていると、誰かに似ている気がする。特に子供のこの子だ。綺麗な銀髪で整った顔立ち。そう、まるで——

「そういうことかよっ‼　くそったれが‼」

早くこのことを伝えなきゃいけないが、なにより青龍帝の娘も連れて行かないといけない。

急がないと！

今の状況で、俺は最初に何をやるべきだ？　この砦の中を自由に動き回れるようにならないといけない、か。善は急げだな。

空間把握！　気配察知！

「おっちゃんもまだ砦の中にいるけど、あの人ならきっとなんとかしてしまうだろう」

この広い砦内を一瞬で蹂躙できて、且つ無力化できる属性といえば一つしかない。

「迸れ稲妻、地を這い彼の者らの自由を奪え、雷獣サンダーサーペント‼」

この技は、最近開発した意思を持った雷の魔獣を発生させる技だ。初めて使ったけど今のところいい感じだと思う。ただ、詠唱しないとまだ使えないのが難点だな。

発動したサンダーサーペントは物凄い速さで邪神教徒のもとへと迫って噛み付き、その後縄の代わりに教徒を縛り上げていっている。おっちゃんにも一匹向かったのだが、難なく解除されてしまった。やはり只者ではないようだ。

「よし、安全は確保できたか。ひとまず青龍帝を呼びに行こう」

全力で移動して砦の外へと行くと、美女が一人でそわそわしながら待っていた。どうやら落ち着かなくて周囲を歩き回っていたらしい。

「今戻ったよ！」

「私の娘は⁉」

「安心してください、もう大丈夫です。ただ、ちょっと手を貸してほしいのです」

青龍帝の他に捕らわれていた人が３人いて、保護したことを話した。そしてその安全を確保してほしいとも伝えた。青龍帝の娘も人化できると聞いたので、ひとまず俺の家へと来てもらうことにしよう。

「ハクは用があって先に王都へ戻ると言っていたわ」

「そうですか……。また落ち着いて会えるといいな」

時間が惜しかったから、閉じ込められていた場所に2人で向かい、人質3人と青龍帝の娘を回収して転移を発動してもらった。再び物凄い乗り物酔いのようなものに襲われたが、あっという間に王都へと到着した。

一気には運べなかったので2往復することになってしまったが、無事にみんなを救い出すことに成功した。あとは青龍帝にここを守っていてもらえれば問題ないだろう。

「ありがとう青龍帝。これは多分だけど起死回生の切り札になると思う」

「いや、感謝をするのは私のほうだ。ふふふ、ひとまず学院へ向かうといい。まだ助けたい人がいるのであろう？」

「あぁ‼　俺の大切な人だ。行ってくる！」

ルナが邪神教に付いていったのはそのためだったのだ。やっぱりルナはルナだ。絶対に助け出さないと。

俺は学院へと走り始めた。

ep.9

VS邪神教④

学園では戦闘が続いていた。邪神教にも手練れがいるようで、なかなか制圧しきれていないのが現状だ。それでも徐々に邪神教徒を捕縛していっているようで、これは学院生の力が大きいと思う。

騎士団が前衛を務めており、学院生が後ろからバフや魔法攻撃による援護をすることで、効率的に戦うことができている。

逆に、邪神教は個々がそれなりに強いが、連携が全くとれていない。これならば制圧するのも時間の問題かもしれないな。

さて、ルナの魔力は……あっちだな。だが、気になることがある。

「ヨミとミレイちゃんが連れ戻すと言っていたのに、気配がない？」

ルナの下にヨミとミレイちゃんの気配がない。ルナは1人ぽつんと立ち止まっているようだが、なにがあったんだ？

急いでルナの下へ行くと、ルナは園庭の中央に立っており、虚空を見ながら停止していた。

明らかにルナの様子がおかしい。周囲を見渡すと、ヨミとミレイちゃんが少し離れているところに倒れていた。

即座に倒れている2人に駆け寄り、回復魔法を使う。

ミレイちゃんの息を確認したらスゥスゥと寝息が聞こえるので、気を失っていただけだった。

「ごしゅ……じんさ……ま？　すみま……せん、止められ……ませんで、した。ルナ……は、おそら……く、呪い、にかかって……います。助けて、あげて、ください……！」

辛うじて意識があったヨミが、俺にルナのことを託して気を失ってしまった。

こんなにボロボロになるまで……。でも死に至るような傷がないのが救いか。

ルナの様子がおかしいのも呪いのせいで、意識が混濁でもしているのだろう。

どんな呪いにかかっているかは不明だが、セイクリッドヒールで何とかなるはずだ。ただ、連戦に次ぐ連戦で俺の魔力がかなり厳しい。

あと2回セイクリッドヒールを使ってしまったら、魔力の回復を待たねば発動できないだろう。

それに対し、ルナはまだまだ戦えそうだ。体からなにか嫌な魔力を感じるが、邪神の力の一部でも取り込んでいるのかもしれない。

邪神教のやつら、ルナに色々としてくれたみたいだな。これはさすがに頭に来たぞ！

「ルナ！　聞いてくれ！　君の家族は邪神教からすでに救出した！　だからもうあんなやつらに従う必要なんてないんだ！」

「……」

聞こえてないのか⁉　仕方ない、早々に呪いから解放してやらなきゃ！

「セイクリッドヒール！」

パチン。

乾いた音が響き、ルナの呪いが解けたと思ったら、突如ルナから禍々しい魔力があふれ出してきた。

『ふはははは、礼を言うぞ、小僧！　我の封印の一部を解放してくれたおかげで、現世へと顕現できた！　うむ、この体も人間にしては悪くない』

何が起こっている⁉　明らかにルナの声じゃない。ルナから聞こえるのは完全に別人の物だ。

「お前は何者だ！　ルナを返せ！」

『何者か、だと？　我を知らずに顕現させたのか？　……まぁいい、気分が良いので教えてやる。我はお前らが言うところの邪神という存在だ。この女の体は使い勝手がいい、我が使ってやるから感謝するがいい』

邪神だと⁉　セイクリッドヒールで呪いは解除したはず……。いったいどうなっているんだ⁉

SIDE：青龍帝

「ここは……？」

どうやら母親のほうが目覚めたようですね。

「目覚めたのですね。ここは安全です、ですから安心しなさい」

「安全？　あ……、私たちの呪いが解けている……？　ルーナリアは⁉　ルーナリアを知りませんか⁉　私の娘なんです！」

ルーナリア？　ルナとかいう娘のことか？　確かアウルが助けたいと言っていた人間だったは

ず。

「それならばおそらく学院でしょう。しかし安心しなさい。アウルという男の子が助けに行っています。もし何かあっても彼は呪いを解くことができるので問題ないですよ」

「呪いを解く？　いけません！　ルーナリアの呪いを解かせないでください！」

「何を言っているのですか？　呪いなんて解いてしまったほうがいいでしょう」

「私たちの呪いが解けてしまった今、ルーナリアが最後の砦なのです！」

「どういうことですか？」

「私たちは邪神の封印をその身に刻んでいる一族なのです。……ルーナリアは未だに知りませんが、娘にもその呪いがかかっています！」

「封印の一族？」

「私たち一族は、その身をもって邪神の力の一端を封印していたのです。この呪いは基本的に解けることがないのですが、ただ一点。聖属性の最上級解呪魔法で解けるようになっているのです。そして一族全員の呪いが解かれたら……邪神の一部が顕現してしまいます‼」

「では、あなたたちの呪いが解けてしまっている今、その娘の呪いが解かれたら邪神の一部が学院に顕現してしまうということですね⁉」

「そうです！　私たちが封印の一族であるというのはあの子も知っていますが、私たち両親だけがその役目を持っていると教えてきました。少しでもあの子と妹に苦労を掛けたくなくて……。ごほっごほっ」

「無理をしないで今は休みなさい。龍魔法『水の癒し』」

「ううぅ……」

寝息も立て始めましたし、これでとりあえずは落ち着くでしょう。

しかし拙いことになりましたよ、アウル。ルーナリアという娘の呪いを解いていないといいのですが……。

SIDE：アウル

何が起こっているか全く把握できてないけど、今起こっていることが拙いことだというのは理解できる。グラさんを呼ぼうにもそんな余裕はないし、かといって俺の魔力もギリギリだ。

……あれ、俺詰んだか？

『我を解放してもらったところ悪いが、我も本調子には程遠い。手始めに貴様でこの体の性能を確かめてみるとしよう』

くそっ……。見た目は完全にルナなのに、声や仕草が違うせいで違和感が凄くて集中できない。

「1ついいか？」

『ふむ、解放してくれた礼に答えてやろう』

「邪神って、女なのか？」

『なに……？』

いや、気になるよね⁉　だって明らかに仕草と声が大人の女性のそれなんだよ……。

ギャップのある色気というかさ。正直、不謹慎なのはわかっている。わかっているんだけど……あいつは前世の俺の――

「……もろタイプだ」

やべっ、声に出てしまったか。

『なっ、なにを⁉』

……おっと？　急に顔を赤くして慌て始めた？　もしやこいつ。

「正直、その独特な雰囲気と仕草、たまりませんっ‼」

『わっ、我は邪神ぞ！　変なことを言うでない！』

確信した。こいつは間違いなく初心(うぶ)だ。しかも、強気なくせに恋愛ごとにはめっぽう弱いタイプのツンデレと見た。

……うん、悪くない。壮絶な戦闘を繰り広げて。邪神を打ち倒すのがお約束なんだろうけど、できることなら戦闘は避けたい。なにより、器となっているのはルナの体だからね。

このまま言いくるめて仲間にできれば一番いいんだけど、どうするかな。

天使『駄目だよアウル！　そんなに女の子ばかり増やしたら、みんな悲しむよ！』

悪魔『あいつが仲間になれば、農業がさらに捗るかもしれないぞ？　あいつも腐っても神だ。俺らなんかより知恵も知識もあるだろうからな』

天使『たっ、確かに……！』

悪魔『ケケケケケ！』

……俺の中の天使弱いな⁉　それ以上に悪魔がどす黒いのが気になるが。

だが悪魔の言う通りだ。この際だから仲間になってもらおう。幸い、まだ邪神が顕現したことを知っている人はほとんどいないからな。

ここで俺がなんとかしてしまえばいいだけだ。でも、なんで俺はこんなにあいつに惹かれるんだろう。前世の俺のタイプとは言え、不思議だ。

「端的に言うと、俺はお前が欲しい！」

『なぁっ……⁉』

「ダメか？」

『……わ、我は邪神ぞ⁉　それでもいいのか？』

これはとてつもなくいい流れだ。仲間も増えて、さらに余計な争いが生まれない。一石二鳥じゃないか！　いや、仲間内では諍いが生まれるかもしれないが。

「俺は一向に構わん！」

『ぬぬぬ……』

あと一押しだ。

「俺と一緒に来てほしい！」

『我は……貴様のことが嫌いではない。この肉体の主の影響を受けている可能性も否定はできない。しかも、我を邪神と知っても態度を変えない貴様に興味が沸いた』

「じゃあ！」

『それでも、我より弱い男に靡く我ではない。我が欲しくば、貴様の力を見せてみよ！』

えぇぇぇ～？　そうなっちゃうかぁ……。

でも、ここでなんとかしないとルナは帰ってこない。やるしかないか。

「邪神よ、オーネン村のアウルが参る！　いざ尋常に勝負！」

『オーネン村……？　まさかな。来るがいい！』

セイクリッドヒール一回分を残したとして、使える魔力は多くない。

魔法ではなく接近戦で何とかするしかないか！

『ほう、子供の割に速いではないか！　これを避けられるか？』

俺の下へと黒色の球体が数十個飛んでくるが、完全に見たことのない魔法だ。邪神ってことを考えると、さしずめダークバレットってところか!?

「ふっ!!」

ダークバレットの避けざまに、回し蹴りを顎目掛けて放ったが、紙一重で躱されてしまった。

嫌味なことに無駄の全くない、直撃まで１㎝くらいのところで躱すから腹が立つ。

『ふむ、子供と侮っていたが存外やるようだな。これならどうだ？』

ダークランスとでも言うのか、黒色の槍が空中に何本も展開されている。いつもなら魔法で応戦するところだが、そんな余裕がない。青龍帝に六竜招来なんて使わなきゃ良かった。

ダークバレットとは比にならないほどの速さで飛来するダークランスを、僅かに掠りながらも避ける。手加減されているのか、一気に全てが飛んでくることはない。

『うむ、悪くない反応だ。だが、まだまだ無駄が多いな』

攻める間もなく攻撃されるせいで、こっちは防戦一方だっていうのに……。さらにはダメ出しとか心折れるぞ。

邪神が手をかざしたと思ったら、虚空に黒色の球体が数えきれないほど出現した。

最初のダークバレットの軽く3倍はありそうな量が、俺の退路を完全に塞いでしまっているのが一瞬でわかってしまった。

こうなっては仕方ない。魔力は少ないが、そう簡単にやられるわけにはいかないのだ。

《杖術　護(まもり)の型　睡蓮》

睡蓮という花は、一日に三回開いて閉じ、睡眠する蓮だから睡蓮というそうだ。

この技はその由来をモチーフに俺の師匠が作りだしたオリジナルの技である。

開きで上に叩きつけ、閉じで下へと打ち下ろす。上下をほぼ同時に行うことで自分の制空圏に攻撃を侵入させないのだ。

『これ以て杖術を鉄壁の護りと成さん』

師匠にこの技を教えてもらった時に言われた言葉である。俺はさらに杖に魔力を循環させることで、最小限の魔力で最大の効果を発揮しているのだ。

「凌ぎきったぞ！」

『まだだ』

声が聞こえたと思ったら、すでにそこに姿がないとかどんなスピードだよ！

『終わりだ』

邪神の拳が目の前にある。突然見えたというべきか。とてつもなくスローで時間が流れているように感じる。

走馬灯ってやつなのかもしれない。青龍帝と喧嘩して、おっちゃんとも喧嘩して、さらには青龍帝の娘やルナの家族を助けるために回復魔法連発して、そして顕現した邪神との戦闘。ちょっと頑張りすぎたかな。もともと、俺ってそんなに頑張り屋じゃないし。

もっとだらだら生きる予定だったのに、どこでこうなったんだろう。

ルナ、助けてやれなくてごめん。俺がもう少し強かったら良かったのに。

せめて俺が死ぬ前に回復魔法をかけてやろう。残りの魔力ではもうそれくらいしかできない。

『エクストラヒール』

これで魔力はすっからかんだ。来世こそはきっとだらだら過ごしてやる。

ありがとうヨミ、ルナ、ミレイちゃん、母さん、父さん、レブラントさん。

最後に一言、伝えておこう。

「好きだよ、ルナ」

しかし、その拳が振り下ろされることはなかった。

「……?」

眼前に迫っていたはずの右手が、自らの左手によって止められている？

『驚いた……。我に体を乗っ取られながらも、この小僧への攻撃は止めたか。奴隷契約のようなものが為されていたのは先ほど解除したというのに。恐ろしいまでの精神力だ』

確かに。奴隷契約で主に危害云々の話があったか。でもこいつはそれを解除したと言った。

『ふむ、何度殴ろうとしても勝手に体が止めてしまう。……これでは勝てぬではないか』

「ルナが止めてくれたのか？」

『そのようだな。……全く、人というのはこれだから面白い』

「ていっ！」

邪神めがけてチョップしたが、避けられることなくヒットした。

「俺の勝ちで、いや。俺らの勝ちでいいか？」

『……ふははは！　参った！　今回は貴様に勝ちを譲ろう。改めて貴様の名を聞かせてもらおう』

「アウルだ」

『我の名前は……いや、アウルがつけてくれ』

「俺が？　いいのか？」

『うむ、とびっきり可愛いのを頼むぞ？』

とびっきり可愛いのか……。これはまた無茶難題を。

うーん。

「その前に確認だけど、邪神はルナの体がないと存在できないのか？」

『む、そうだな。邪神と言っても我はその一部だ。もっと邪神の欠片を集めればこの女の体がなくても顕現できるようになるだろう』

　なるほど。

「君の名前を決めたよ。君の名前は『ナギ』だ」

『ナギ……。悪くはないが、どんな意味なのだ？』

　それは――

「今はまだ内緒」

『む！　なんだそれは!!　いつか教えてもらうぞ！』

　ルナは月から連想した名前だ。そして月の神と言えば月読（ツクヨミ）が有名だ。だが、これではヨミの名前と被ってしまう。

　その月読を生み出したのが伊邪那岐（イザナギ）と言われている。

　そこから発想を得たと言ってもわからないよね。

「まぁまぁ、悪い意味じゃないから」

『むむ、ならいいのだが。まぁ、よい。久しぶりの現世で疲れてしまった。ひとまずこの体を元の主に返すとしよう』

　ルナの体が淡く光ったら、糸が切れたように地面へと倒れこんだので、なんとか体を滑り込ませて受け止めた。

　スゥスゥスゥ
「寝てるのか。ふぅー、とりあえずは一件落着、かな？」

なんにせよ、ルナは取り返せたぞ。今頃はグラさんのおかげで邪神教徒も捕まえられただろ。

「おっ、噂をすれば」

「様子を見る限り、無事に仲間を助け出せたようだな」

グラさんも無事そうで何よりだ。

「満身創痍だけどね。何とかなったよ」

「うむ。我も邪神教とやらを殲滅してやったわ。これで恨みは果たした。それでアウル、レティアと途中どこかへ消えたみたいだが、ど、どこに行っていたのだ⁉」

……ははーん？　なるほど、俺が青龍帝といなくなったもんだから、何か疑ってるんだな？

「今頃ベッドで休んでるんじゃないかな？　ほんと大変だったよ。初めてだったからさ」

龍と本気で戦ったのも転移も初めてだから嘘じゃないぞ。

「な、なにっ⁉　レティアに何をしたのだ‼　ことと次第によってはアウルでも許さんぞ！」

「なにって、青龍帝の娘が邪神教に人質として捕らわれていたから、それを助けただけだよ？

今頃は娘と家で休んでるんじゃないかな」

俺の言葉を聞いて固まってしまったが、グラさんにはいい薬だろう。

「む、むすめ？　むすめってなんだっけ……」って呟いているけど無視だ。

さて、これからどうするか考えないと。

……悪さをしていたのは邪神教であって、邪神ではない。よな？

ルナの体に宿っているから、それを滅するにはルナを殺さなければならない。なんてことになったら一番厄介だ。

となれば、ルナの体に顕現した邪神のことは黙っておくのが一番である。……国王くらいには報告したほうがいいのか？

いや、本を見つけただけで死刑かもしれないんだ。本人が出てきたとなっては、なお酷い結果が待っている可能性もある。それに、おっちゃんのことも報告できないのだ。それもこれも墓場まで持っていくしかあるまい。

よし、俺はなにも見てないぞ！　ルナと初めて喧嘩したんだ。それで無事に仲直りできて、めでたしめでたし！

「我ながら完璧だな」

「アウルよ！　早く家へと帰るぞ！　早くするのだ！」

何を焦っているんだ、この駄龍。まだ騎士団と話したり国王に報告に行ったりしないといけないかもしれないというのに。

「待って。全部終わったあとにしろ、後始末があるからすぐには無理だよ。でも、ルナとミレイちゃん、ヨミは家に連れて帰りたいから、グラさん連れていってくれない？」

「うむ！　任されよう！　アウルの頼みだからな！　ワハハハハー‼」

3人を抱えたグラさんは物凄いスピードで、且つ繊細な動きで帰っていった。

ふぅー。

「そろそろ出て来たらどうですか？」

「なんだよ、気付いていたのか？」

「なんというか、半分は勘みたいなものですけどね」

「かー‼　直感ってやつか？　それで、俺がここにいることについては何も聞かないのか？」

「ええ。なんとなく理由はわかっていますから」

違和感を覚えたのは国王に遊撃を頼まれた時だ。俺の実力を認めてくれているのは分かるが、俺は国王の前で実力を見せたことは一回もない。

それなのに、俺の実力をきっちり把握している作戦の組み立て方をしていた。

つまり、誰かが俺の実力について国王にリークしているということだ。

「ほう。じゃあ、俺が今のことを報告するとは思わないのか？」

「ヨルナードさんは、そんなことしないってわかっていますよ」

「なぜだ？」

ヨルナードは単純に強いやつと戦うのが好きなタイプの人種だ。いわゆるバトルジャンキーみたいなところがある。それで、目の前には欠片とは言え、危険性の低い邪神がいるのだ。そんなやつと戦いたいと考えるのは何となく想像できる。

「この騒動が収まって、傷が癒えたらナギに頼んであげますよ？　戦いたいんでしょう？」

「ワハハハハハ、本当にわかってるじゃねぇか！　その通りだ。しかも、そいつが言うにはまだ邪神の一部ってのがこの世界のどこかにあるんだろ？　そいつを吸収すればさらに強くなるんだったら、なお面白いじゃねぇか！」

うわ、そこまで聞かれていたのか。微かに誰かの気配はするとは思ったけど、もしかしたらほとんど見ていたのか？

「まぁ、そういうことです。なので、このことは国王には秘密ですよ？」

「任せておけ。所詮俺もただの雇われだからな。もらった報酬分の仕事はするが、釣り合わないんだったらその限りじゃない」

「ありがとう、ヨルナード」

「いいってことよ。半分は俺のためだからな。あと、騎士団のほうにも俺から報告しておくから今日は帰っていいぞ」

そう言い残すと、後処理のためにヨルナードは去っていった。

元宰相暗殺の件も真相がわかったし、邪神教の力を削ぐこともできた。邪神教もこれで当分は大人しくしているだろう。詳しいことはおっちゃんが教えてくれるかもしれないし。

あれ、そういやおっちゃんはまだあそこにいるのか？

「青龍帝に頼んで砦に行くか……。金品の回収や資料の収集もしなきゃだからな」

疲れた体に鞭を打ち、急いで家へと戻るとボコボコに打ちのめされているグラさんが玄関に打ち捨てられていた。

つんつんしても返事がない。どうやらただの屍のようだ。

「ただいま～、青龍帝いる？」

「おかえりなさい。色々あったそうですが、なんとかしたみたいで安心しました」

砦に戻りたい旨を伝えると快く引き受けてくれた。怪我人やルナの家族も今はすでに落ち着いているらしいので心配もなさそうだ。

クインに家を任せて、すぐに家を出た。

さて、さっさと砦にいる邪神教徒を国王に渡してしまおう。資料も渡せば喜ぶだろうしな。

青龍帝の魔法で砦に行くと、すでに邪神教徒が一箇所に纏められていた。資料なんかも全部集められていたので、大助かりだ。

「遅かったな。砦内の重要そうな資料とかは集めておいた。ついでにこいつらもな」

ちょっとおっちゃんを見直してしまった。疲れていたから、面倒な手間がなくなって助かった。

空間把握を駆使して隠し金庫から金品を押収し、青龍帝の助けを借りて国王の下に資料や邪神教徒を突き出し、俺の長い一日はやっと終わりを迎えた。

幸せの一歩

砦から押収した資料に一通り目を通そうかとも考えたけど、量が膨大であることから重要そうなところだけをピックアップして読むことにした。しかし、どこを読んでも邪神教がやってきた悪事しか書かれておらず、邪神に関する重要な内容はどこにもなかった。

そのため、すぐさま国王へと提出することにした。

騒動終結後、青龍帝にも罰を！　とか叫んでいた馬鹿貴族がいたらしいが、いつの間にか黙殺されたと聞いた。……好き好んで龍と喧嘩したがるもの好きはいないだろう。

あとハクだけど、今は俺の家で青龍帝と一緒にお茶をしている。また少しの間は俺のところにいるそうだ。

そしておっちゃんについてだけど、ひとまずは家族の下へと帰っていった。もともと戦力を見込まれて雇われていたらしいが、家族の命を常に狙われるということと、裏切った際は呪うと言われて仕方なく従っていたらしい。邪神教自体には興味がなかったそうで安心だ。

そのため、知っていることを全部教えてもらうということで落ち着いた。もちろん、これは俺とおっちゃんだけの話のため、誰にも伝えるつもりはない。

ルナについても家族を人質に取られていたせいで仕方なく、と伝えた。

……国王には申し訳ないがナギのことは言うと厄介なので、これについても墓場まで持っていくつもりだ。ほかにも色々と面倒なことがあったのだが、それはさておき。まずはヨミ、ルナ、ミレイちゃんたちの状態だ。

ヨミとミレイちゃんの怪我はすでに完治している。意識はまだ回復していないが、時間の問題だろう。

ルナも同じようなもので、怪我は治っているのに意識が戻らない。ナギはルナに体を返すと言っていたが、実際は起きてみないとわからない。

次にルナの家族についてだけど、青龍帝のおかげもあってだいぶ具合はいいそうだ。母親に関してはもう目覚めており、話ができる状態にあるらしい。この様子だと、お父さんと妹さんもすぐに目を覚ますだろう。

「えっと、ルナのお母様でよろしいんですよね？」

かなり痩せこけているが、髪の色も同じだし、雰囲気もどことなく似ている。間違いなく母親だろう。

「はい、この度は我ら一族を助けて頂き、誠にありがとうございます」

ベッドの上で深々と礼をされ、頭がベッドに付いてしまいそうなほどだ。

「頭をあげてください。俺は当たり前のことをしただけですので。申し遅れましたが、アウルと言います」

「アウル様ですね。自己紹介を忘れておりました。私はルーナリアの母のマリアーナと申します。気軽にマリアと呼んでください」

……ルーナリアっていうのは、ルナの元の名前か？　だとしたら俺の付けた名前って、同じような名前をつけていたのか。

それにしてもこの人、ルナの姉と言われても信じられるほど若い。この世界の母親っていうのは皆こんなに若々しいのか？

痩せこけてなかったら、この人も相当な美人だろう。

「マリアーナさんですね。まだ体調も本調子じゃないでしょうし、もう少しお休みください。私は夕飯の用意をして来ますので、お話はその時にでも」

「ご迷惑おかけして申し訳ありません。今はお言葉に甘えさせて頂きます」

良くなったと言っても、まだまだ本調子には程遠いだろう。

お腹が減ってはなんとやらだ。胃に優しくて栄養の取れるご飯を作るとしよう。

なんだかご飯をゆっくり考えて作るのは久しぶりな気がするな。ここのところずっと忙しくしていたし、余裕もあまりなかったからなぁ。

「よっしゃ、気合入れて作りますかね！」

と、その前に。

「青龍帝、娘さんの容態はどう？」

「もう峠は越えているから心配ありません。十分な栄養と休養を取れば問題なく回復するでしょう。……それで迷惑でなければ、その……」

あぁ、栄養か。

「皆の分の夕飯を作る予定だったから、もちろん2人の分も作るよ」

「……恩に着ます。それと、私のことはレティアと呼んで頂いて構いません。娘は――起きたら自分で挨拶させますので」

「了解したよ。じゃあ夕飯作るからもう少し待ってて」

さて、夕飯を作るわけだけど、かなり大人数だから手の込んだ料理だと時間がかかりすぎる。

手間が少なくて、胃に優しい、かつ栄養豊富で美味しいご飯。

「やっぱりあれかな」

こっちではまだ米は見かけてないけど、大麦は普通にある。

大きめの鍋にたっぷりの水と大麦をいれてコトコト煮る。塩胡椒と味噌、旨味調味料、ワイルドクックの卵を溶き入れて、さらに煮込めば、『雑炊風大麦粥』の完成だ。

元気がある人用として、オーク肉の角煮を同時進行で仕上げた。食べやすいように少し甘めに味付けしてあるのがポイントかな。

今更だけど、料理の実の汎用性の高さには驚かされる。旨味も簡単に足せるから、料理の味が簡単にワンランク上がるのだ。

あとは個人的に食べたかったので、サンダーイーグルと茄子の唐揚げを山盛り作った。

俺も頑張ったんだから好きな物食べてもいいよね⁉

ご飯ができたので、器によそってみんなのいる部屋へ届けようとしたら、匂いに釣られたのか、みんなリビングへと移動してきた。

みんな起きて来られるくらいには回復したみたいだ。ひとまず安心ってところかな？

念のために『エリアハイヒール』をこっそりかけておこう。

「みんな大丈夫そうで良かったです。各々話したいことはあると思いますが、ご飯が冷めないうちにみんなで食べましょう」

「「「「いただきます」」」」

俺とルナ、ミレイちゃん、ヨミはいつも通りの掛け声でご飯を食べ始めたけど、他の人はそれぞれだ。

『『美味しいっ‼』』

みんなの舌に合ったみたいで良かった。

蟹を食べる時人は無口になると言うが、あれはなぜなのかと常々思っていた。

けれど一つわかったことがある。人間は美味しい物を目の前にしたとき、無口になるらしい。きっと食べることに集中してしまうからなんだろう。

まぁ、それだけ気に入ってもらえたということなんだろうけどね。

そして意外だったのが、胃に優しいものをと思って作った麦粥よりも、サンダーイーグルの唐揚げが大人気だったことだ。

……この世界の人は、内臓の強い人が多いのかもしれない。

静かだが決して険悪ではない空間の中、最初に口を割ったのは青龍帝ことレティアだった。

「アウル、私はブルードラゴンを束ねる青龍帝という身でありながら、今回のように迷惑をかけたこと、本当に申し訳ありませんでした」

「いや、それは仕方ないよ。大事な娘さんを人質に取られていたんだから。それに、大きな被害は出てないからね」

地形は多少変わったけど死人は出てないみたいだし、学院内の地形は後々直しておけば問題ないだろう。

「そう言ってもらえて助かります。それと、隣にいるのが私の娘です」

「青龍帝の娘のティアラです。この度は助けて頂いてありがとうございました」

あえて触れてこなかったが、俺は大きな勘違いをしていた。レティアの人化した姿が若いから、娘は子供だろうと思っていた。

しかし、実際は違う。人間で言うところの大学生くらいにしか見えないのだ。

レティアの青い髪に比べて、やや薄紫がかった青い長髪が特徴的な子だ。

「俺はアウルと言います。解呪が間に合って良かったです。体調は特に問題ないですか？」

「アウルさん……ですね。はい、特に問題あり――いえ、急に胸のあたりが苦しいです‼」

えっ？　さっきエリアハイヒールをかけたのに、それじゃ治りきらなかったのか？

俺が一人慌てていると、何かを察したルナとヨミとミレイちゃんが、ティアラを連れて2階へと消えて行った。

「えっと、回復魔法をかけなくても大丈夫ですか？」

「……私の娘がすみません。呪いは解けていますし、あの子も回復魔法は使えますので問題ありません。――――もしかしたら今後ご迷惑をかけるかもしれませんが」

「え？」

「いえ、なんでもありません」

最後のほう、なんて言ったんだろう？　でもさすがは青龍帝の娘か。回復魔法まで使えるとは。水属性は回復魔法とも親和性が高いっていうし、現にヨミも使えるからね。

「この御恩は絶対にお返しします。良ければ赤龍帝と同様に加護を授けましょうか？」

加護か。もらえるなら嬉しいけど、赤龍帝と同様ってどういうことだ？

「赤龍帝と同様ってどういうこと？」

「何も聞かされていないのですか？　……あの駄龍、ちゃんと説明もせずに加護を授けるなんて」

あっ、青龍帝もグラさんのこと駄龍って呼んでいるんだ。なんか親近感かも。

玄関で未だに倒れているグラさんに視線を移すが、確かに駄龍と呼ぶにふさわしいな。うん、俺は間違ってなかった。

レティアが言うにはこういうことらしい。
・加護とは言葉の通り龍種の恩恵を受けることを言い、人族は洗礼にて創造神の恩恵を授かっている。
・龍種の加護と創造神の恩恵は重複して授かることができる。
・龍種はその長い生涯で、３回までしか加護を授けることができない。

・加護を授かった効果で、龍帝が司る属性の適性を得る。また、すでに適性がある場合にのみ適性を強化する。

グラさんはたった3回のうちの1回を、いつの間にか俺に授けてくれていたようだ。

……駄龍とか言ってごめん、グラさん。

「かくいう私も未だに恩恵を授けたことはないので何とも言えませんが、私は母からそう教わりました」

少ない加護を俺にか。どうせだったら！

「とても嬉しいけど、その加護って俺の仲間に授けてもらうんじゃだめかな？」

「仲間に、ですか？　ふふふ、とても仲間想いなのですね。構いませんよ」

「ありがとう、レティア」

ミレイちゃんには悪いけど、レティアの加護はヨミに授けてもらうつもりだ。龍は属性の種類だけ存在するらしいから、いずれイエロードラゴンと仲良くなる機会があるといいな。

「うふふ、ただいま戻りました」

どうやら話し合いが終わったみたいだが、いったい何があったのだろうか。

何となくティアラがさっきよりも元気みたいだけど、触らぬ神に祟りなしかな。ここは華麗にスルーさせてもらおう。

……キラキラした目で見てくるけど、スルーったらスルーだ。

「ヨミ、レティアが君に加護をくれるそうだよ」

「加護ですか？　先ほどティアラさんから頂きましたが……？」

ええぇ？　何してんの君たち。当のティアラは凄い笑顔だし。

「ティアラはそれでよかったの？」

「いいの。お姉さ——ヨミさんたちと先ほど仲良しになりましたから！」

今お姉さまって言いかけたよね。なに、さっきの15分程度席外したときに何があったんだ⁉

「じゃ、じゃあミレイちゃんにレティアの加護を」

「あっ、私もティアラからもらったから大丈夫よ」

……なんなの君たち。ティアラもたった3回しか授けられない加護ポンポン連発しないでよ。

「ルナは水と言うよりは雷だろうし、ナギの件もあるからな。俺が加護貰ってもいいかな？」

「ええ、構いません」

レティアが両手を俺に向けて何か呟いた。

「終わりましたよ」

「えっ？　はやっ！」

「加護と言っても所詮この程度です。……恩恵を覚醒させるには自分自身の努力次第ですから」

「お母さん‼」

「あら、いけない。少し喋りすぎましたね。今のことは聞かなかったことにしてください」

覚醒。おっちゃんも言っていたけど、いったいどういうことなんだろう。元宰相の言っていた進化とは違うことなのか？

「ありがとうレティア。じゃあ、次は――」

「私たちがお話しします」

手を挙げたのはマリアーナさんだ。

「改めて、私はルーナリアの母、マリアーナと申します」

「父のフランゼンです」

「妹のムーランです」

「アウルです。よろしくお願いします」

「私たちは――」

マリアーナさんたちから聞いた話を要約するとこんな感じだった。
・『イニティウム家』は代々、邪神の力の一部をその身に封印している一族である。
・封印は呪いとほぼ同義な物であり、逃れたくても逃れられるものではない。
・逃れる方法は最上位の聖属性解呪魔法でのみ解除できる。
・封印は子にまで及び、代々それを受け継いでいくものである。
・一族全員の呪いが解呪された場合にのみ、邪神が顕現する。
・龍種にまで及んだ呪いは、ルナの家族から漏れ出た邪神の力を流用していたと考えられる。
・呪いが解かれ、ルナの中にいる邪神の欠片がどうなるかはわからない。
・ルナは自分が呪われているとは知らなかった。
ということらしい。

……情報量が多すぎてなんて言ったらいいのかわからないが、ルナが呪いに詳しかったのは、両親が呪われていると知っていたからだったのか。

それで俺が家族の封印を解いてしまったために、ルナにその力が集約されてしまったと。

そして最後の封印までも俺が解いてしまったわけか。

こうやって考えてみると何とかなったとは言え、かなり危ないところだったんだな。

でも、呪いは世界のどこかに10箇所に別れて封印されていると思っていたけど、そのうちの一つが、イニティウム家ってことなのか？

「今更だけど、俺がルナって名前つけたの凄くない？」

「そうなのです。あの時は本当にご主人様に運命を感じてしまいました」

そりゃそうだよな、元がルーナリアで次もルナ。素性でもバレたかと思えるレベルだ。

「あの、ご主人様っていうのはどういう……？」

ピクピクと額に青筋を浮かべているルナのお父さん。仕方ないとはいえ、確かに自分の娘が奴隷に落ちたのは腹が立つよな。

「お父さん、私は自分の意思で奴隷になったんだよ。そして今のご主人様に買われたの。でも心配しないで、私今とっても幸せだから‼」

「ルーナリア……」

娘にここまで言われたらさすがに効きそうだ。マリアーナさんもフランゼンさんも複雑な表情を浮かべている。

「正確には、邪神の力によって奴隷契約はもう解除されているらしいけどね」

念のため訂正は入れておこう。

「そうなのですか⁉　ご主人様、早く再契約をしに行きましょう！」

慌てて立ち上がって俺の手を取ろうとするルナだが、俺はどうするのが良いのだろうか。家族にも会えてこれから一緒に暮らせるというのに、俺の奴隷をさせるのは可哀想な気がする。

だからといって、ルナの体には邪神ことナギが宿っているし……。悩ましいな。

「ルナはもう一度、家族と暮らしたくはないか？　……契約も解除された今、それも可能だけど」

しかし、ルナは俺の予想を裏切る速度で返事を返してきた。

「いえ、私はご主人様の傍にいたいです。それに、今の私なら家族を養ってあげられますから！……ご主人様が許可してくだされればですが」

確かに奴隷契約があった場合、基本的には奴隷が稼いだ金は主人の物となる。まぁ、俺は金に困っていないので、もらうようなことはしていないが。

「それは問題ないよ。確認だけど、なんで俺の奴隷に戻りたいの？」

「ご主人様との確かな繋がりでしょうか。あとは怪我をしていた私を救ってくれたことに対する御恩を返したいのです」

やはりか。アルトリアでは価値観というものが地球のそれと著しく違う。

でも、そろそろかな。

「ルナ、やっぱり君と再契約はしない」

「っ⁉　わ、私がご迷惑をおかけしたからでしょうか？　それとも、邪神のせいでしょうか⁉」

「そして、ヨミとの奴隷契約も明日商館で解除してもらうつもりだ」

「私もですか⁉　何か至らない所がありましたでしょうか！　すぐに直しますのでどうか……」

「いや、違うんだ。こんな大勢の前で言うことではないのかもしれないけど、ルナ、ヨミ。君たちさえ良ければ、奴隷としてではなく生涯俺の傍にいてほしいと思う」

「……？　そのつもりですが？」

「えっ‼　そ、その、よろしいのですか？」

ルナはまだわかってないみたいだけど、ヨミはすぐに理解できたらしい。

あと、彼女にも確認しないといけない。

「ミレイちゃん、俺は複数人を好きになっちゃったけど、許してほしい」

「はぁ～……。こうなることはわかってたわよ。むしろ遅かったとさえ思うけどね。アウルがそう望むならそれでいいよ。ただし！　みんな平等にだからね！」

なんというか、俺にとって都合の良すぎる展開だけど、これを含めて俺の人生か。

本当にいい人たちに巡り合えたたな。

「今はまだ成人前だけど、成人したら俺と結婚してくれますか？」

「「～～～～‼」」

２人は抱き合って泣き始めてしまったけど、泣くほど嬉しいってことでいいんだよね？

「遅くなりましたが、『ルーナリア』さんを、僕に下さい！」

「うぬ……」

「あなた、何か言ってあげて？　男の子が頑張っているんだから」

マリアーナさんに促されて、フランゼンさんが口を開いてくれた。

「あの子は優しい子だ。真面目で一途で、ちょっとそそっかしい所もあるが、見る目はある子だ」

「はい」

「私たち夫婦は、ルーナリアに大変な思いをさせてきた。辛く苦しい日々だっただろう。……その分あの子には幸せになってほしいと思っている」

「はい」

「……アウル君、どうか『ルナ』のことを幸せにしでやってぼじい！」

「もちろんです。とびっきり幸せにしてみせます！」

大号泣するフランゼンさんと、それを慰めるマリアーナさんとムーラン。

この人たちも散々辛い思いをしただろうに、それをおくびにも出さずに祝福してくれた。

そんな心の綺麗な人たちなんだ。この人たちも幸せになるべきだろう。

「今後についてですけど、どうしたいとかありますか？」

「そうねぇ、ムーランは来年で10歳になるから学院に通わせてあげたいけど……」

マリアーナさんはムーランを学院に通わせたいと。ただお金がないという感じか。

「お金は邪神教から押収してきたものがたっぷりありますので、そちらを差し上げます。いくらあるかはわかりませんが、本当に大量にあるので大丈夫だと思いますよ」

それこそ、小国の国家予算の半分くらいはあるのではないだろうか。

あれ……？　もしかして、このお金ってフランゼンさんたちの国のお金だったりするのか？

「ルナからも少し話は聞いています。もし国を復興するにも、お金は大量に必要でしょうから、これらは全てお持ちください」

「っ‼　……重ね重ね、本当にありがとう。この恩は絶対に返す！　絶対にだ！」

「ありがとう、アウルお兄ちゃん！」

ぐはっ……！　なんという破壊力‼　これは可愛すぎる‼

ぜひもう一度お兄ちゃんと――

「アウル……？」

――殺気⁉

「ミレイ、俺は無実だ」

「っ‼　そ、そう……。なら、いいのよ」

ん？　やけに引くのが早いな。なんでか「ミレイ、ミレイ……」と自分の名前を連呼している。

女心は難しいな。

翌日、朝一番でヨミとルナとミレイちゃんを連れて商館へと赴き、奴隷契約を解除した。ルナに関しては奴隷契約が本当に解除されているかの確認だ。

「これで2人は晴れて俺の奴隷じゃなくなった。今まで本当にありがとう。そしてこれからは人生の伴侶として傍にいてほしい。といっても4年以上先の話だから、それまでは婚約者だけどね」

「はい！　大変お世話になりました。そしてこれからもよろしくお願いします！」

うん、ルナらしい真面目な答えだと思う。

「うふふ、奴隷生活も楽しかったですが、これからはもっと楽しくなりそうです。よろしくね？アウル様！」

言い終えたと同時くらいに抱きしめられて――頬にキスされてしまった。

え？　キスされてしまった？　何が起こった？　……ただ、ヨミの唇はとっても柔らかかったのは間違いない‼　なんなら押し当てられている胸が最高ですが⁉

「あぁ～～‼　ヨミの裏切り者！　私だって‼」

負けじとミレイちゃんが俺の頬にキスしてくれる。

そうか！　ここが天国なんだな⁉　俺はこういう展開、嫌いじゃないぞ⁉

ルナはそんな2人に張り合うことなく、俺のほうを見つめながら自分の唇に人差し指の腹を当てていた。

「やっぱりあの時のって……」

「ふふっ、ご主人様。あれは2人だけの秘密ですよ？」

「なになに⁇」

「えっ⁉　どういうことよ、ルナ～⁉」

やはりヨミは察しがいいらしい。

「内緒だよ～‼」

楽しそうに笑うルナの顔は、太陽に照らされたせいかとびっきりに輝いて見えた。

「あっ、忘れてたけどナギって今どうしてるんだ？」

「うーん、替わったほうが早いですね」

変わったほうが？　ってまさか。

『やっと出て来られたか。主殿、昨日ぶりだな』

「……ナギも元気そうだね。色々と話を聞きたいんだけど？」

『そうだな、ここではアレだから場所を移すとしよう』

我が家へと帰宅してみんなに集まってもらい、ナギの話をしようと思ったのだが、お腹が空いたので朝食が先だ。

朝食はマリアーナさん、ルナ、ヨミが手伝ってくれたので、一瞬で作り終わった。

蜂蜜たっぷりパンケーキ、スクランブルエッグ、厚切り炙りベーコン、ごろごろ野菜のスープ、アプルジュースだ。

「ここのご飯は本当に美味しいのね。旦那を捨てて私もアウル君を狙おうかしら」

マリアーナさんが不穏なことを言っているが、完全に無視である。

「アウルさんのご飯は美味しいです。あっ、アウルさん⁉　ティアラの胸の谷間に卵が落ちてしまいました！　取ってくださいませんか？」

うむ、ティアラはかなり残念美人のようだな。ちらっとレティアに視線を移しても、もはや我関せずといった様相で黙々とご飯を食べている。

しかし、谷間に卵か。それはいかんな。実にけしからん卵だ。どれ俺が成敗して——

「アウル？」

「アウル様？」

「ご主人様？」

「さーて、ご飯も食べたしナギについて話そうか！」

俺の華麗なスルースキルはもはや神の領域に達しているかもしれない。

「では替わりますね」

『ふぅ……。して、何から話せばよいのだ？』

そうだな、聞きたいことはたくさんあるけど。

「邪神教がなにを目論んでいたかは知ってる？」

『邪神教……？　なんだそれは』

知らない？　そんなことがあるのか？

「ナギは邪神の一部と言っていたけど、その欠片ごとに自我があったりするの？」

『それは難しい質問だな。我も欠片ゆえに完全な知識ではなくてな』

「じゃあ、欠片を集めて回ればわかっていくの？」

『そう簡単な話ではないかもしれぬ。我は邪神の中でも『善』を司っていた欠片ゆえに危険は少なかった。しかし、他の欠片はそうはいかぬ。欠片によっては凶悪なやつもいるだろうからな』

邪神にも『善』な部分ってあるのか。でも言われてみれば思い当たる節もある。

言動こそあれだったけど、俺が死なずに勝てたのはナギが『善』の欠片だったからなのかもしれないし、そもそも最初から邪悪さはあまりなかったのだ。

「じゃあ、他の欠片は集めないほうがいいの？」

『それは我にもわからない』

どういうこと？

『これは誰にも伝承されていないことだろうが、我を封印したのは我自身なのだ』

「自分で自分を封印したってことか？」

『正確には、「善」の部分である我のみを封印したのだ』

あぁ、やっと意味がわかった。善を自分の中から完全に排除したってことだったのか。

「意味がわかったよ。それでナギが封印されて、その後にまた別の誰かによって邪神が封印されたってことだよね？」

『そういうことだ。我も人族に封印されていたゆえ、この世界の各地に邪神が封印されたということしかわからぬ。だから、その封印についての詳細を知らぬゆえ、どうしたら良いかはわからぬ』

そういうことだったのか……。なんともまぁ壮大な話だ。ここでエドネントが残したあの本が重要になってくるんだな。

「ナギは欠片を取り戻したい？」

『うむ、できれば取り戻したいと思うぞ。でなければ、ずっとこの娘の体に宿ることになってしまうからな』

これは難しいぞ。……少し考える時間がほしいな。

「とりあえず話はわかった。当分は申し訳ないけど、ルナの体の中で眠っていてほしいんだ。いいかな？」

『仕方あるまい。我もどうすればよいか考えてみるとしよう』

これで本当に一段落だ。考えないといけないことは多いけど、一件落着だ。

これからどうなることやら……。

一通の手紙

「いい天気だなぁ～」

青い空、白い雲、光り輝く太陽の下でする農作業というのは、とても充実している。

ちょっと疲れたら庭にあるロッキングチェアに腰かけ、ゆらゆらと揺られながら空を眺める。

そしてまた農作業に精を出す。丁寧に世話をしてあげれば、この子たちは美味しい実をつけてくれるからな。

「最高に幸せだ」

こう言っては不謹慎だが、これも全部邪神教のおかげである。

学院の復旧がまだ終わらないそうで、あと2週間は休校になると聞いている。

その邪神教はというと、襲撃した教徒の9割が捕まり、ほとんどの力を削いだおかげで当分何もできないだろうと聞いている。

運転資金も漏れることなく回収し、そのお金は全てルナの家族に譲渡した。

全部はもらってくれなかったけど、とりあえず当面の分だけということで少しだけにしている。

残りは俺が預かっていてほしいとのこと。まぁ、金があるとわかると変な気を起こすやつが現れてもおかしくないからな。

というわけで俺はのんびり農作業に明け暮れている。

今日はルナ、ヨミ、ミレイちゃん、ティアラの4人で女子会だそうだ。

そして俺の家には、まだグラさんとレティアがいる。

なぜ君たちは当たり前のように我が家で寛いでいるんだ?

ただ飯喰らいかと言ってやりたいところだが、グラさんからは希少鉱石詰め合わせをもらえたし、レティアからは龍の鱗をもらえた。

仕方ないから2週間は滞在を許可しよう。

ちなみにルナの家族は家を探しに行くと言っていたから、我が家にいるのもあと1週間くらいかもしれない。

家族を救い出せたおかげか、最近のルナは本当の意味で活き活きしていると思う。

無事に家族を救い出せてよかった。

「さて、収穫を続けますかね。……ん?」

玄関辺りに感じたことのない気配が複数ある。家に目をやると、窓の近くにいたレティアも気付いているようで頷いてくれた。

グラさんはまだ寝ているらしい。やっぱり駄龍だ。

「どちら様でしょう?」

玄関に行くと、王国ではあまり見ない形式の服を着た初老のおじさんが立っていた。

「英雄アウル様でございますね。申し遅れました、私はミゼラル帝国第三皇女リリネッタ様の執事、カイエンと申します」

「英雄ではないですが、アウルです。今日はどんなご用件で？」

「これを皇女様より預かってきております。お受け取りくださいませ」

執事から手渡されたのは一通の手紙だった。それも高級そうな真っ白い紙の。

前々から思っていたことだけど、帝国には地球の技術がある気がする。甜菜然り、大豆然り、そしてこの白い紙。いずれは行ってみたいな。

「確かにお渡しいたしました」

颯爽と馬車に乗って帰っていったけど、あの馬車も普通じゃないな。明らかに揺れが少ないし、バネを採用しているとかしてそうで怖い。

にしてもこの手紙、なんだか嫌な予感がするんだよなぁ。

差出人はあの皇女様だろ？　レーサムの４大貴族を顎で使うような人物だ。

普通じゃないとは思うけど、一応手紙は読んでおくか。

とりあえず部屋に戻り、俺とレティアの分の紅茶とお茶請けを用意した。

「さっきのは誰だったのです？」

「帝国の皇女様の執事だってさ。この手紙を渡されたよ」

「ふむ……？　変な呪いはかかっていませんね」

俺も確認したけど変な仕掛けはなかった。後は内容だけど……。

「意外と達筆だな」

なになに？

ゴテゴテと文が飾られていて、何を伝えたいか解読するのが難しいけど、おそらくこんな感じだと思う。

・レーサムの貴族を差し向けて申し訳なかった。
・今回の邪神教との戦いを見て感動した。
・謝罪も込めて帝都へ招待したい。
・従者や仲間が要れば連れてきてもらっても構わない。
・帝都への招待とは別に学院で今度会って話がしたい。

おおまかにはこんな感じだ。詳しくは、フランゼンさんかマリアーナさんに聞けば貴族の手紙について教えてくれるだろう。

帝都に行くにしても、できれば学院を卒業した後がいいな。どうせならゆっくり観光したいし。でもこの感じだと学院が再開したら、ひとまず会いに来いってことになるのかな？

「憂鬱だ……」

しかし、『馬には乗ってみよ、人には添うてみよ』って言うし、何もわからない状況で安易な判断は些か早計かもしれない。

一度会ってみて無理だったら、それっきりにすればいいだけか。

「ふふ、モテる男は辛いですね？」

「そんなんじゃありませんよ」

何が目的なのかが全くわからない。何を考えているんだか。

その日は一日ずっと土いじりをしていたおかげで、農家成分をチャージできた気がする。

最近の俺は頑張りすぎだからな。息抜きもできたし、そろそろ迷宮攻略とか行ってみるか？

ルナとヨミ、ミレイちゃんを連れて行ってあげないと。レベリングもできるし。

あっ！　そういやシュガールってどこに行ったんだ？　ヨミたちと一緒だったはずだけど。

あとで確認するとしよう。

ロッキングチェアで考え事をしていると、グラさんが隠れながら俺に手招きしているのに気づいた。

「どうしたの？」

「しっ！　声が大きいぞ、アウル」

「わかったわかった。それで、どうしたの？」

「最近、レティアのやつと仲が良さそうだな？」

「まぁ、多少は良いと思うけど」

もしかして妬いているとか？　龍が人に妬くとは考えにくいけど、グラさんならあり得る。

「……レティアの娘、ティアラが誰の子供なのか聞いてほしいのだ」

ああ、そういうこと。

「自分で聞けばいいじゃん」

「それができたら苦労などしておらん‼　なぜか避けられるのだ……。目も合わせてくれないし、口もきいてくれない」

おおう、物凄い嫌われようだな。『のの字』書いていじけてるよ。

でもレティアって本当にグラさんのことが嫌いなのだろうか？

これは俺の主観だけど、むしろ好きなのではないかと疑っている。

本当に嫌いならこの家にいないだろうし。なにより、グラさんがレティアを見ていない時、レティアはグラさんを目で追っている。

まるで恋する乙女のようにも見えるのだけど、俺だけなのかな？

グラさんがレティアに視線を移すと、レティアはキリっとした顔に戻る。

……もしかして、そういうことなのか？　なんだよ、両片思いじゃんか！　あと一歩踏み出すだけだよ‼　今のこの空間とっても尊いよ！

先日俺の家の玄関で屍と化してたのは、きっとレティアのツンな部分のせいなんだろうな。

あれ、でもそうなるとティアラって誰の子供になるんだ？

「……気になる」

夜ご飯作るにもまだ早いし、ちょこっとだけ聞いてみようかな。

「そういえばさ、ティアラって誰との子供なの？」

「ふぇっ⁉　き、急に何を⁉」

「いやいや、単純に誰との子供なのかなって」

「……そうですね、アウルになら教えてあげてもいいでしょう。内緒ですよ？」

「う、うん」

「ティアラは赤龍帝……グランツァールとの間にできた子供です」

「えっ⁉」

どういうことだ？　グラさんは全く知らない感じだったぞ⁉

「ただ当の本人は全く覚えていないようですが……」

「どういうこと？」

「グランツァールは火を司る赤龍帝です。本来ならばドワーフが神聖視するような存在なのですが、グランツァールもドワーフもある共通点があるのです」

共通点？　ドワーフと言えば、鍛冶と酒って感じのイメージだけど。……酒？

「もしかして、酒ですか？」

「その通りです。昔のグランツァールはお酒に強くもないのに本当にお酒が好きで、性格が変わるほど飲みすぎるんです」

グラさん……お前ってやつは本当に酒癖が悪いんだな。

「当時の私も若かったというのもあり、酔って性格が変わったグランツァールに口説かれて一夜を共にしてしまいました」

えぇっ？　レティアさんも意外と遊んでいたのか？

「それ以来、彼との関係は何もありませんが、その時の子供がティアラなのです」

なるほど……。龍種にも一夜の過ちってあるんだな。

「でも、俺の見る限りですが、レティアはグラさんのこと好きですよね？」

「……はい。なんというか、あれ以来素直になれず、冷たくしてしまうんです。だって、あの日のこと全く覚えてないんですよ⁉　悔しいじゃないですか……」

レティアさんが物凄く乙女な件について。ちょっと拗らせてる気もするけど、俺は嫌いじゃないです！

「2人のことなので何とも言えませんが、少し素直になるだけで変わると思いますよ？」

「善処しますぅ……」

レティアは恥ずかしそうにしているけど、あとは2人の問題だし、俺が口を挟むことじゃない。

それにしてもグラさんは本当に残念なやつだったんだな。

「アウル、聞いてきてくれたのか⁉」

「うん、全部聞いて来たよ」

「ど、どうだったのだ⁉」

グラさんの顔は真面目そのものだ。……本当に何も覚えていないんだな。

「いずれわかるんじゃない？」

「なっ⁉　酷いぞアウル！　裏切り者！」

ふん、何とでも言うがいい。

「さて、いい時間になったし夕飯でも作るかな」

今日は庭でとれた野菜を使った鍋にしようと思う。

気分的には味噌味の鍋だな。サンダーイーグルの肉と魚の切り身、畑の新鮮野菜のざく切りを入れれば立派な鍋の出来上がり！　決して手抜きではない。

鶏肉と魚を分けるか迷ったけど、２つとも食べたいので2種類の土鍋に分けている。

鶏肉の鍋と魚の鍋だ。少し味見してみたけど、味噌の風味と魚の旨味がいい感じにマッチしているし、出汁も利いていて抜群に美味しい。

今日の夜ご飯も完璧だな。

〆用に麦飯を炊いておいて、卵と一緒にあとで『おじや』にしよう。

「ただいま帰りました、ご主人様」

「ふふふ、今日もいい匂いです」

「アウルにお土産買ってきたよ～」

「アウルさ～ん！　わぁ、とってもいい匂いがします！」

ルナ、ヨミ、ミレイちゃん、ティアラが女子会から帰ってきたみたいだけど、夜ご飯は食べてきてないみたいだな。

しかも、みんなの両手には買い物したものがたくさんある。収納を使えばいいのに、なんで使わないんだろう？　とは思っても言わない。

きっとあれは彼女らなりの買い過ぎないための工夫なのだろう。

そのあとすぐにフランゼンさんたちも帰ってきた。みんなお腹を空かせてきているらしい。

「ご飯もうできているから、みんなで食べようか」

『はいっ！』

まったくみんないい返事だよ。

そのあとはつつがなくみんなで鍋をつつき、〆のおじやを作っている時に、手紙の話をしてみた。

「ふむ、帝国の第三皇女ですか。会ったことはありませんが、この手紙を見る限り、なかなかじゃじゃ馬そうな皇女様のようですな」

この時活躍したのは、やっぱり元王族のフランゼンさんやマリアーナさんだった。

「そうね、甘やかされて育ったのかもしれないわ。今の生活に刺激というか、何か変わったものがほしいのかしら?」

いったいどういうことかわからないが、説明してもらったらこういうことらしい。
・帝都の城に遊びに来てほしい。その際、皇帝にも紹介する。お詫びを兼ねた宴も開く。
・学院で会うのは、それの簡単な話もするつもり。
・私に仕えてみないか?
真に伝えている内容は、俺が思っていたようなものより凄かったみたいだ。

「……なんか、俺が読んで感じた内容とだいぶ違うんですが」

「まぁ、貴族や皇族、王族の手紙を読む機会など滅多にないだろうからな。これはアウル君が言ったような内容で、勘違いさせるように書いてある」

「貴族独特の言い回しに慣れていないとこれはわからないわね。これ、勘違いしたまま会いに行っていたら皇女様に仕えることになっていたわよ?」

……貴族というか、皇族こわっ。手紙一枚でそんな効力を持つのかよ。

「そのためにこれだけ上等な紙を用意したのだろう。私だったら、この紙質の手紙が来たら、何事かと思って疑ってしまうよ」

確かに高そうな紙だとは思ったけど。執事さんもわかっていたなら教えてくれればいいのに。

「助かりました。危うく騙されるところでした」

「ははは、これくらいはお安い御用さ。アウル君に紹介してもらった不動産屋さんもよくしてくれたおかげで、いい家が見つかりそうだよ」

「それはよかったです」

家が決まったらお祝いに何か贈り物でもしよう。安易だけど家具なんかがあると助かるかな？　無難にウォーターベッドとロッキングチェア、あとは掛布団かな。

それ以外は個人の趣味もあるだろうし、やめておこう。

「ん……？」

女子４人に視線を移すと、なぜか怒っているように見える。その手には皇女からの手紙。

なぜだろう。嫌な予感がする。彼女たちの背後に悪鬼が見えるんだが。

「うふふ。ルナ、皇女様っていうのに会わないといけないわね」

「そうですね。私たちに喧嘩を売ったも同然ですから。この喧嘩、ぜひ私たちが買いましょう」

「私も行くわよ。皇女がなんぼのものよ」

「なら私も行きます！　お姉さまたちについていきます！」

ほらね？

え、うちの子たち血の気多すぎじゃない？　いつの間にこんな子に育ってしまったの？

そしてティアラに関しては、もはや関係すらないんだけど。

「ルナったら、あんなにはしゃぐようになったのね」

「あぁ、子供っていうのはいつの間にか成長するものなんだな。これもアウル君のおかげだ」

「お姉ちゃん、楽しそう～！」

あれ、ここには馬鹿しかいないのかな？　皇族に喧嘩売ろうとしているの、完全にこっちだよね。

なんかイニティウム家の皆さんは感動して泣きそうな雰囲気だし。

……グラさんとレティアは美味しそうにおじやを食べているし。

しかも仲良し女子４人組は、学院が休みの間に迷宮の攻略に乗り出すらしい。本格的にレベルを上げるみたいだ。

「先が思いやられるよ……」

ここまで来ると逆に皇女が可哀想ですらある。

ただ、本格的な喧嘩ってなると国際問題になるから、ある程度で止めてやらないとな。こうなってしまったら俺には止められる気はしないけど……。

「みんな、迷宮攻略は大丈夫だろうけど気をつけてね？」

「ふふふ、アウル様は冗談がお上手ですね」

「ご主人様も一緒に行くんですよ？」

「アウルが行くなんて当たり前じゃない」

「アウルさんと迷宮デートですか！」

『えぇぇ。疲れているんだけど……。やだやだやだ！　行きたくない！』って言えたら、どれだけ楽だろうか。

彼女たちの目を見てしまったら断れないよ。しかも有無を言わさぬ目力がある。

いつの間にこんなに頼もしくなったんだよ。俺が尻に敷かれる未来が見えるんだけど。

そしてティアラよ。全然デートじゃないから勘違いするな。

あぁ～もう少しゆっくりしたかったのになぁ……。

めちゃくちゃ余談だが、シュガールはヨミの収納に入っていた。最初は邪神教を捕縛するのに一緒に戦っていたらしいが、ルナを見つけてからは邪魔をされまいと仕舞っていたそうだ。

……ヨミらしいと言うべきか。でもまぁ、みんな怪我はしていたけど死んではいなかったので問題なしである。

迷宮攻略⑤

「で、海まで到着したわけだけど、どうやってこの海を攻略しようか」

「「「……」」」

どうやらルナもヨミもミレイちゃんも、何も考えていなかったらしい。

みんなハッとした顔をしている。邪神教との戦いで疲れてんのかな？

ティアラに関してはダンジョンに興味がないのか、砂浜を走り回っている始末だ。

へっ、水着が眩しいぜ。下手に水着という概念を教えたのが失敗だった。魔力ですぐに再現されてしまった。まぁ、それで胸を押し付けようとして、ヨミに止められてからは自粛したみたいだけど。

その止めた理由が、抜け駆けはずるい！　というものだったから本当にヨミらしい。

それにしても、黒の紐ビキニってなんであぁも男心を掴んで離さないんだろうか。不思議だ。

「俺も色々考えたけど、この海を攻略するのはまだ難しいと思うよ？」

「う〜ん、見える範囲でシーサーペントを狩り尽くしますか？」

「どうしましょうか」

「私はこの階層でも全然レベル上げられるから問題ないけどね」

確かに。ミレイちゃんも強くなったとはいえ、ルナとヨミに比べるとまだレベルが低い。

「もう少し考えてみるから、みんなは海の魔物を狩ってレベルを上げててくれ」

　さて、これでとりあえず1日くらいは稼げるけわけだけど、本格的にどうしようかな。

　正直、ここの迷宮に狙いを絞って攻略する必要もないとは思う。もっと序列の低い迷宮とかを探して行けばいい気もする。

　この世界には野良迷宮というものがないらしいので、基本的には１０８個で全部のはずだ。

　それなのに俺たちはいきなり4番目の迷宮を攻略しようとしている。

　我ながら、かなり無謀じゃね？

　ということで、急遽俺は家に帰ってグラさんとレティアに相談してみた。

「ふむ、迷宮攻略か。我らが参加したら下手をすれば4番迷宮といえど、5日も掛からずに攻略してしまうだろうな」

「そうですね……。未熟なティアラですらいい線行きそうです」

　いや、あなたたちが攻略するって話じゃなくてだな。

　というかグラさんはそわそわしながらレティアを見るな。話せたのが嬉しいのはなんとなくわかるけど、尻尾出てるから。家の中でビタンビタンしないで。

「えっと、そうじゃなくて。海の中を俺たちがどうやったら攻略できるか聞きたくて」

「なんだ、それを先に言わんか。そこはシーサーペントがわんさか出てくるのだな？」

「だとすると、下手をすれば外海よりも難易度が高い可能性があります」

　どういうことだ？

「シーサーペントが亜竜と言われているのは知っているな？　あやつらは進化を果たせば水竜になる可能性を秘めているのだ。火属性でいうとサラマンダーも同じだな」

「逆に言えば、そんな強い魔物は本来数が多くありません。それ以外にも海には危険な魔物が多いです。それらを攻略しようとすると……」

　正攻法では難しいってわけね。

「わかった。ありがとう２人とも。ちょっと方向性が見えてきた気がするよ」

　海エリアは真正面から馬鹿正直に攻略するもんじゃないってことだ。

　今まで力業でどうにかできていたのが奇跡だったのかもしれない。

　要は、海に住む魔物にバレなきゃいいんだ。

　そして、どこかにある次の階層へ行く場所を見つけると。

　海の底にあるのなら階段は現実的じゃない。かといって扉があるとも思いにくい。

「……そうか、島か」

　大体の予想はついた。あとはその場所をどうやって探すかだけど、それもある程度の目途はたった。

　よし、皆のところへ戻るその前にっと。

「クイン、どこだ～？」

　クインの支配する森エリアへと来てみた。いつも迷宮攻略する時はクインを浅層の森エリアに放している。

こうすることで、クインが森エリアに住む配下を使って蜂蜜を集めてくれるのだ。

他にも、自然発生するオークなどを駆逐してレベル上げも行っているらしい。

併せて部下の指導もしているようで、ここの蜂さんたちは精鋭揃いだ。

「ふふ、クイン。早かったね」

俺が呼ぶとすぐに来てくれるクインは本当に可愛い。体を擦り付けるように甘えてくるのだ。

前世では『猫吸い』というのが流行っていたけど、最近の俺のブームは『蜂吸い』だ。

もちろんクインに限るけど。

「クイン、俺たちはさらに深層へ行ってくる。次の階層がなにになっているかわからないけど、ついてくるか？」

ふるふる‼

「じゃあ一緒に行こうか」

クインも俺と冒険をしたいと思ってくれていたのか、すぐに肩に乗ってきた。

今では肩乗せも慣れたものだ。最初は襲われているんじゃないかと心配されていたからな。

海エリアに着くと同時に、物凄い爆発音が聞こえた。

何事かと思って遠洋のほうを遠視すると、小さい飛龍に乗った３人が、空中からシーサーペントを攻撃しているのが見えた。

「あの飛龍はティアラか」

俺の考えていたことはすでに４人によって実行されていたみたいだな。

海中がだめなら空から行けばいいってことだったんだけど、言わなくても気付いたのか。

俺が帰ってきたことを知らせるために、空へと綺麗な花火を打ち上げる。グラさんの加護のおかげで、火の扱いがグッと楽になったからできる芸当だ。

５分と待たずにみんなが戻ってきたが、やはり龍の飛行能力は伊達じゃないようだ。

「おかえりなさい、ご主人様」

最近ルナは俺に対して少し砕けたように思う。未だにご主人様呼びだけど、少しずつ打ち解けてくれているような気がして嬉しい。

「何か決まりましたか？」

ヨミは一気に距離を詰めてきて、最近だと前に比べてボディタッチが激しいように思う。呼び方もアウル様に変わったしね。

「いや、みんなが実践してたことに行き着いただけだよ」

「じゃあ、やっぱり空からってことね？」

やっぱり、ってことは空からを提案したのはミレイちゃんか。彼女の恩恵である効率化によるものかもしれないな。

「そういうこと。これは俺の勘だけど、次の階層へ行くための島がどこかにあるんだと思う」

理由を説明したらみんな納得してくれたのか、島を探そうということになった。

……しかし、いきなり海を渡る必要があるとか、急に難易度が上がっているような気がするんだけど、さすがに上がりすぎじゃないか？

「それじゃあティアラ、悪いけど頼むね」

「任せて！」

人型だったティアラが見る見るうちに、龍へと変わっていく。変化する過程はグラさんやレティアでも見たけど、やっぱり神秘的だ。

ティアラの上に乗って空へと飛びあがったところで、あることに気が付いた。

「……りだ」

「え？　ご主人様何か言いましたか？」

「お、俺、空飛ぶの無理だぁーーー‼」

やばいやばいやばいやばい！　今更気付いたけど、空を飛ぶってこんなに怖いの⁉　慣れそうにないんだけど⁉　しかし、ティアラは俺の叫びなど物ともせずに飛んでいく。

「降ろしてくれえぇぇぇぇー……」

気付けば海の奥にあった孤島へと着いたが、ふつうに階段があった。海の底に魔法陣がある可能性も考えていたけど、そんなことは一切なかったな。

しかし酷い目にあった……。空を飛ぶという行為を甘く見ていたよ……。もう二度と空なんて飛びたくない。俺は一生地に足着けて生きていきたい。空なんて飛べなくていい。そもそも人は空を飛べるようにできていないんだから。

「うふふ、アウル様にも弱点があったんですね」

「ご主人様、可愛いです」

「アウル、今とっても情けない顔しているわよ……?」

うるさいっ！　なんとでも言え！　スカイダイビングやっているやつの気が知れないぞ‼

「よし、じゃあ次の階層へ行くぞ！」

「ふふ、なかったことにしたわね」

「ご主人様、とっても可愛いです」

「ま、まぁ、そんなアウルも嫌いじゃないわよ?」

紆余曲折の末、次の階層に着いた。次の階層には、それは綺麗な海が広がっていた。前階層の37階層が真っ青な海だとしたら、次はリゾート地のような海とでも言うべきか。エメラルドグリーンの海が広がっている。

「また海……。わかっていたけど、信じたくないな」

また空を飛ばなければならないとは……。この迷宮は本当に意地が悪い。いい加減泣くぞ?

海の方を見ると馬鹿でかいイカがたくさんいるように見える。ダイオウイカのさらに巨大版だ。

「あれはクラーケンですよ、アウルさんっ！」

ティアラはこんなななのに意外と物知りだ。腐っても龍ってわけか。

「俺が殲滅する」

『意思ある雷霆(らいてい)よ、生ける竜となりて彼の者を殲滅せよ、雷竜〝ライトニングドラゴン〟』

招来系の魔法が意思のない龍を属性魔法で模した技だとしたら、これは全く別の物。僅かではあるがあの雷竜には意思がある。

レティアの召喚する龍とは次元は違うけど、俺の使える魔法ではこれが限界だ。これ以上を目指すならば何かしらの壁を超える必要があるだろう。

　俺の召喚した雷竜がクラーケンを次々と倒していくが、４体倒したあたりで掻き消えてしまった。やはり持続させるのは相当に難しい。もっと魔力制御の訓練が必要そうだ。

「ご主人様、あんな魔法が使えたんですね。いつの間に……」

「ふふふ、アウル様楽しそうですね」

「私もあんな魔法、使えるようになりたいなぁ～」

　後ろで何か言ってるけど、今の俺は誰にも止められない。まだ目に見える範囲でもクラーケンが８体いる。俺は引き続き雷竜を２体出して殲滅した。

　その頃ティアラは——砂浜で砂山を作っていた。

「ティアラ、砂遊び楽しそうだね」

「そうなの！　ここまで綺麗にお城を作れたのは初めてかも！」

　お城……？　城ってなんだっけ。いや、触れないほうがいいか。

「アウル、次の階いくよ‼」

　ミレイちゃんはやる気満々だな。それだけ強くなりたいってことなんだろうけど、俺の周りの人はなんでこんなに頼もしい人ばかりなんだ。

「う、うん！」

　あれ、ってことはまた……？

「空は嫌だぁぁぁぁぁー……」

気付けば40階層のボス部屋の前にいた。恥ずかしいことだが、気を失っていたようだ。起きた時に誰かが膝枕をしてくれていたみたいなんだけど、誰だったかも覚えていない。

「40階層前が海エリアだったから、水系のボスだと思う」

確か35階のボスがサラマンダーと言われる火属性の亜竜だったはずだ。それを考慮したうえで40階層のボスを考えると。

「水竜かな？」

「水竜ですか？」

「ふふふ、私の水竜とどちらが上かしら」

「私もそんな強い魔法使えるようになるかな……？」

大きい扉を開けて中に入ると、水竜というよりはかなり巨大なオオサンショウウオのような魔物がいた。それも本当に巨大だ。ちょっと見た目が気持ち悪いのが難点かな……。

「この敵は俺１人にやらせてくれないか？」

今の俺がどれくらい強くなっているのか確認したいし、試してみたい技もある。みんなも俺の我儘を受け入れてくれたみたいなので、好きにやらせてもらおう。

気を失ったおかげか魔力は回復している。万全の状態だし、俺がどこまでやれるのか知れる。

「煌光槍（グリッターランス）×10」

光り輝く槍が10本、虚空から発生して水竜へと飛来したが、レティアに防がれたように超純水による水の障壁で防がれてしまった。

「40階層でこの強さかよ」

水竜もやられてばかりではないようで、口から大きな水弾を何発も吐き出してきた。レティアの攻撃を見ていなければ驚いて思考が固まったかもしれないけど、今となってはレティアの下位互換にしか感じない。

水弾を障壁で真正面から防ぐわけではなく、斜めに障壁を張ることで逸らすように受け流すことができると気付いたのだ。

相手の攻撃も効かないけど、俺の攻撃も防がれてしまう。

しかし、サンダーレイはグリッターランスへと進化した。そしてさらにこの技は進化する。俺もいつまでも同じではないからな。

「雷霆の矢(レイヴンアロー)×5」

俺の攻撃にさっきと同じように超純水での防御をしていたようだが、無意味だ。

Gyuaaaaaa⁉

「驚いたか？　その雷は本物の雷と同等の電圧、およそ1億Vだ。本物の雷の前では超純水の障壁をもってしても無意味だぞ」

魔力をかなり使ううえに制御も大変だが、俺の使える単発攻撃の中でもかなり強い技だと思う。

雷霆の矢(レイヴンアロー)に打ち抜かれたオオサンショウウオは苦しそうにしていたけど、まだ死んではいない。腐ってもボスなのだろうけど、次で終わりだ。

「雷霆(サンダーボルト)」

オオサンショウウオは完全に沈黙し、消え去った。……巨大な魔石と宝箱を残して。

みんなのほうを見ると、嬉しそうにしているルナとやや不機嫌なヨミとミレイちゃんがいた。

ティアラはいつも通りでのほほんとしている。

俺が雷属性の魔法ばかり使ったからなんだろうけど、仕方なくない？　ボスが水属性だったし。

そんなみんなを無視して宝箱へと近づいていくと、みんなも走って追ってきた。さすがに宝箱の中身が気になるよな。

「スクロールだ」

「「「スクロール?」」」

なんのスクロールだろう。使ってみたい気もするけど、まだ怖いな。せめてグラさんとレティアがいるところで使えば、なにかあっても対応できそうだ。

「これはあとで使ってみるとして、今は次の階層へ行ってみよう」

みんなで恐る恐る降りていくと、なんだかひんやりしているように感じる。まだ出てきていない環境で考えると、凍土の可能性もあるか。

「ご、ご主人様、今日のところは帰りましょう?」

「うふふ、ルナは怖いのは嫌いかしら?」

「骨が、歩いてる……」

なんと次のエリアは、凍土ではなく墓場だったのだ。

しかもスケルトンやゾンビ、火の玉が当たり前のように徘徊している。

「よし。今回の迷宮攻略はここまでにしておこうか。レベルも少しは上がっただろうしね！」

満場一致で迷宮攻略は終了した。ヨミは大丈夫そうだったけど、みんなはグロッキー状態だ。

実物のゾンビがあんなに気持ち悪いとは思わなかった。

家に帰るとルナの家族もグラさんたちも揃っており、ご飯を作ってくれているようだった。なんでもマリアーナさんが故郷の料理を作ってくれるらしい。

まだご飯までは時間があるらしいので、早速だけどスクロールを使ってみようと思う。

「レティアはこのスクロールが何かわかる？」

「ええと……おそらくですが、召喚のスクロールだと思います。それも、術者の魔力に応じて召喚できる物が変動するタイプのやつです」

なるほど。ということは俺の魔力が万全であれば凄いのが召喚できるということか。

幸い魔力は回復したし、いつでも召喚可能だ。

「みんな、悪いんだけどこれは俺が使ってみても良いかな？」

「もちろんです」

「うふふ、アウル様が召喚したら何が出るのか楽しみです」

「女の子はいやよ？」

妬きもちやいているミレイちゃんも可愛いな……。ただでさえ美少女だというのに。

「えっと、この魔法陣に魔力を全力で篭めれば良いんだよね」

「その通りです」

よし、鬼が出るか蛇が出るか。魔法陣に魔力を篭め始めて、ほぼ全ての魔力を篭めて倒れそうになったタイミングでスクロールが光り始めた。光が収まり、そこにいたのは——

「初めまして、貴方が私を呼び出した主ですかな？　ふむ、龍の加護を2回ももらっているとは。私はどうやら凄い主に呼びだされたようですね。申し遅れました。私は『アルフレッド』と申します」

——黒いタキシードに身を包み、白いカイゼル髭を蓄えた老齢の男性だった。

厄介ごとは連鎖する

目の前にいる男性は『アルフレッド』と名乗った。いかにも執事らしい名前だと思う。というか執事でいいんだよね？

「俺があなたを召喚したアウルです。えっとアルフレッドさんは、どこから召喚されたのでしょうか？」

「ほほほ、私のことはアルフとでもお呼びくだされ。主は契約者に対して丁寧に話すものではありません。私がどこから召喚されたのか、ですか。……ふむ、そういえば思い出せませんな。記憶の一部が欠落してしまっているようです」

記憶の欠落……。召喚前に思っていたことだけど、召喚された側はどこから来るのか？　ということだ。この世界に存在していた場合、その存在の生活を滅茶苦茶にしてしまうだろうからね。魔力で魔法陣を媒介にし、無から有を生み出しているのならいいが、そうでないならかなり身勝手な気がする。勇者召喚と大差ないものだからな。

これについてもいずれ調べておかなければ。レティアも知らなそうだしお手上げかな。

「そうか。アルフの種族は人……じゃないよね？」

「よくおわかりですね。私の種族は『魔人』です」

魔人、か。初めて聞いた種族だ。

「今、魔人と言ったか？　魔人、アルフレッド……まさか、本当は――」

グラさんが何かに気付いたようだ。もしかしてアルフを知っているとか？

「グラさん、もしかしてアルフについて何か知ってるの？」

「……⁉　いや我の勘違いだったようだ。わはははは、すまんすまん」

グラさんが一瞬アルフを見て驚いたような気がしたけど、アルフを見ても別段変なところはない。好々爺然とした良い笑顔をしているだけだし。

「駄龍ですね」

「ふふ、残念な駄龍ですね」

「どこまでも駄龍ね」

俺は仕方ないとして、ルナ・ヨミ・ミレイちゃんのグラさんに対する当たりが急に強い。彼女たちに何があったのか。

……レティアが凛とした表情をしているように見えるが、冷や汗をかいている。

あれか。いつの間にか女同士の結束でも固まったか？　女子会は魔窟だと聞いたことがあるし。

きっと彼女たちの中でグラさんの評価はないに等しいのだろうな。

グラさん、ご愁傷様。早めに決着つけろよ。じゃないと大変なことになるぞ。

「それにしても、主様はまだお若いのにとてもお強いのですな」

「いや、俺なんかより強い人はたくさんいるよ。それより美味しそうな匂いがしてきた。とりあえずご飯にしようか」

腹が減っては、戦はできぬって言うしね。

「ほほ、では私は一度戻るとしましょう」

「ご飯食べなくていいの？」

「問題ありません、主様。ご用命の時はなんなりと召喚してくださいませ」

そう言い残してアルフは光の粒子となって、俺の体の中へと消えていった。

いったいどういう仕組みなんだろう。召喚魔法のスクロール、謎が多すぎるな。

ちなみにマリアーナさんが作ってくれたご飯は、ボルシチに似たような料理でめちゃくちゃ美味しかった。おふくろの味とでも言うのかな。

ご飯時に知らされたが、ルナのご家族の新しく住む家が見つかったらしい。

当分の間はそこに住むとのことだ。仕事も夫婦で冒険者をやると言っている。

元王族だというのに、全然そんな素振りを見せない。こんな人たちが統治する国なら住んでみたいとさえ思えた。

ただ、当分はルナやヨミと一緒に迷宮や冒険に出かけて鍛えるという。ムーランは毎日我が家へ来て、レティアから魔法や勉強を教わるそうだ。

『青龍帝に鍛えられたら、いつしか最強になっていた件』。あり得そうで怖いな。

といっても新しい家は我が家から歩いて3分と近いので、いつでも会える距離だけどね。

こんな賑やかな食事も悪くなかったけど、人が減ると思うとなんだか寂しいな。でもフランゼンさんたちにも彼らの生活があるもんね。

結局、訓練として学院が再開されるまでの間、40階層までを周回した。俺は空を飛ぶのが嫌だったので、ずっと40階層を１人で周回したが。

そのおかげか今では水竜を秒殺できるようになった。『称号：水竜キラー』とかもらえそうなレベルで狩りつくしている。オマケでスクロール出ないかなと思っていた面もあるが、出たのは最初だけで、魔石が残るだけだった。

頑張った甲斐あって、レベルはかなり上がったと思う。

人族／♂／アウル／10歳／Lv.１００
体力：１０８００
魔力：４６０００
筋力：４６０
敏捷：４６０
精神：６４０
幸運：88
恩恵：器用貧乏

◇◆◇◆◇◆◇◆

とうとうレベルが100に達してしまった。やっとと言っていいのかわからないが、ここでレベルは頭打ちのようで、これ以上は上がらなくなったのだ。

迷宮に潜ったり農業したり、ロッキングチェアに座ってのんびりしていたら、学院が再開される日となった。あまり考えたくはないが、今日は3年生の第三皇女様に会うことになっている。

「憂鬱だ……」

何が憂鬱かって？　第三皇女様に会うことじゃない。あいつらのせいだ。

「うふふふ、皇女様に会うのが楽しみですね」

「そうですね。ご主人様に近寄る虫……虫は排除しましょう」

「皇女がなんぼのものよ‼」

みんな張り切っているのが余計に怖い。あとルナさん。虫と言いかけたのを言い直そうとして、結局言い直していないぞ。ミレイちゃんに関してはもうヤクザかな？

しかも、どこから仕入れたかはわからないがみんな学院の制服を着ている。

「ミレイちゃんはまだわかるとして、ルナとヨミはその制服どこから持ってきたの？」

「ご主人様には内緒です」

「うふふ、内緒ですよ、アウル様」

「「「ふふふふふ」」」

第三皇女様が逆に可哀想になってきた。

学院へ行くと、特に変わることなくみんながいて少し安心した。怪我人がいたと聞いていたけど、死人は出なかったらしいのでそこまで心配はしていなかったけどね。

「アウル、久しぶり～」

「うむ、久しぶりだな。元気で安心したぞ」

「レイもマルコも元気そうで何よりだ。2人は戦いに参加したのか？」

「したよ～。親に行けって言われちゃったからね～」

「俺もだ。しかし、ヨルナード殿やアウルのおかげで少しは強くなれたと実感したぞ。なんとか死なずに済んだからな」

レイはかなりギリギリだったようだ。でも死ななくて本当に良かった。これで、友達が死んだとあっては悔やんでも悔やみ切れないからな。

学院再開の初日とあって、今日は諸連絡だけで授業は明日からだった。モニカ教授も例に漏れずちゃんと帰ってきていた。なんでも大事な時にいなくてこっぴどく怒られたそうだが。

そして初耳だが、今年の年末休みは例年より1ヶ月長くなるらしい。

なんでも、今後、同じことにならないように警備用魔道具の設置や、教員たちの全体的なレベルアップなど、色々と改革を行うのだそうだ。

なので、実質2ヶ月くらいの休みになるわけだ。この際だからゆっくり実家に帰ってもいいかもしれないな。シアの成長具合も気になるし、お兄ちゃんを忘れられたくない。

帰るならお土産をたっぷりと買って帰らないと。あとは、去年と同じく迷宮で魚介類を大量に仕入れておこうかな。

冬だし、魚介類もすぐには腐らないだろうから、数日に分けてお腹いっぱい食べられるだろう。干し魚にすれば保存食にもできるしね。

そうこうしているうちに、学院からの連絡は終わって少し早い放課後になった。

「放課後になったわけだけど」

俺の前には張り切った女の子が3人いる。正直今の俺では止められる気がしない。ちなみに仲良しのティアラはフランゼンさんたちと一緒に迷宮へと潜っている。お目付役というやつだろう。

しかもなぜかアルフレッドが俺の斜め後ろに控えている。勝手に出て来られる仕様なのかな。

「では行きましょう、ご主人様！」

「ふふふ、今日が楽しみで仕方ありませんでした」

「私のアウルにちょっかい出すとはいい度胸ね」

「えっと、お手柔らかにね……？」

「「「ふふふふ」」」

「不安だ……」

事前に指定されていた場所に行くと、騎士数人と執事と侍女と皇女様が待っていた。

予定の時間まではまだ余裕があると思うのだが……、これは俺が悪いのか？

「貴様！　皇女殿下に呼び出されておきながら、遅れてくるなど不敬だぞ‼」

一番若い騎士が俺に怒鳴るように食ってかかってきた。皇女の手前、カッコつけたいのか、はたまた別の理由か。

「聞いているのか⁉　平民の分際で図になるな‼」

皇女は止めない、と。つまりはそういうことか。だったらこっちも相手してあげよう。

3人が本気でキレそうだったので手で制しておく。騎士くらいは俺に任せてもらおう。3人がやったら手加減しなさそうだからね。

まぁ、詠唱してもいいけど、もちろん無詠唱での発動だ。

『魔力重圧(プレッシャー)』

「なにを……オエッ……ゔぅ……オエッ……」

やべ、やりすぎたか？　吐いちゃったけど、喧嘩を売ってきたんだからしょうがないよね。

「……どうやら噂以上の使い手のようですね」

ぼそりと皇女様の口から聞こえてきたのは、彼女の率直な感想だろう。しかし、謝罪の一言もなかったということは、明らかに舐められているということだ。

「何か用があると伺いましたが、まさか今のが答えですか？」

皇女様以外に向けて威圧を飛ばす。もちろん手加減はしている。さっきの若い騎士以外は熟練の騎士なのか、顔色一つ変える様子はない。驚いたことに侍女のほうも平気そうだ。皇女の付き人ともなると、これほどまでにレベルが高いのか。

王国より帝国のほうが人材の質が良さそうだ。エリーの侍女はヒステリックだったからな。

「うちの騎士が失礼を致しました。このお詫びは後ほど如何様にもさせていただきます。アウル様をお呼びしたのは他でも、ありません。……私、そちらのお嬢様方に何かしましたかしら？」

後ろを見ると素敵な笑顔の３人がいる。……背後の悪鬼が見えなければ満点と言えるだろう。この子たちはスタンド使いか何かなのか？

「いえ、問題ありません。で、どのようなご用件ですか？　……俺もこの子たちをいつまでも止めておけるわけではないので。というか、もう止めませんけどね」

もはや脅しだろうか。ルナとヨミは今をときめくAランク冒険者。ミレイちゃんは学院でもかなり成績優秀らしいし、さらに後ろにはアルフも控えている。

今王都で一番安全なのは、ここと我が家じゃないかな。

「そ、そのようですね……。改めて、申し訳ありませんでした。自己紹介させて頂きますが、私はミゼラル帝国第三皇女のミゼラル・フォン・リリネッタと申します。以後お見知りおきを」

「もうご存じでしょうが、俺はオーネン村のアウルです」

「はい、色々と調べさせて頂きました。経歴は異色そのもの。かといってどこの貴族もちょっかいを出さないブラックボックス。さらにはAランク冒険者の水艶と銀雷の主で、先の戦いの立役者。調べれば調べるほど謎が多いですわ」

言われてみると確かに。俺凄いな。いや、狙っているわけじゃないんですけどね？

「お褒めに与り光栄の至りですね」

「まずは謝罪を。あなたにレーサムの子たちを向かわせてしまって本当にごめんなさい。最初は勢いのある1年生がいるなぁ程度だったのですが、ついつい面白くなってしまって、ふふふ」

あぁ、この人は悪意なく人を傷つけるタイプの人かもしれない。皇女という立場上、環境など仕方ない部分もあるんだろうけど。

　それにしても今までにないタイプの美人が出てきたな。つかみ所のないというか、何を考えているかわからないミステリアスというか。なんにしろ、俺の周りは美人ばかりで幸せだなって改めて実感した。

「まぁ、俺もあいつらと知り合えたから良かったですけど。でも俺じゃなかったら大事でしたよ」

「うふふ、そこは事前に調べていましたから。英雄ヨルナードと喧嘩できる学生など貴方くらいのものです」

　それは確かに、言われてみればそうだな。ヨルナードには未だに勝てないし。本当に何者だよ、あのおっさん。リアルチートだぞ。

「運が良かったんですよ。そろそろ用件を聞いても？　……もし手紙に書いてあった通りというならお断りします。俺は誰にも仕えるつもりはありませんから」

「謙虚なのですね。わかりました、用件は改めて謝りたかったというのは本当です。色々無礼なことをしてしまいましたが、それも併せて謝罪致します。ふふふ、あの手紙の本懐に気付くなんて本当に面白いですね。正直に言うとあなたと話してみたかったのですよ？」

　さらっと人を貶めようとしてくるとか怖すぎだろ。まぁ、手紙の意味がわかったのはフランゼンさんたちのおかげなわけだけど。

　というか嘘つけよ。最初から喋ることが目的だったくせに。息をするように嘘をつくあたりさすがは皇族だな。

常に相手を転がして出し抜こうとして来る。しかし俺はそう簡単にはいかないぞ。

「どうも、ご主人様の『婚約者』のルナです。私も以後、お見知りおきを」

「うふふ、私もアウル様の『婚約者』のヨミです。よろしく、皇女様？」

「私もアウルの婚約者のミレイです。よろしく、皇女様」

あぁ、とうとう我慢できずに出て来てしまったか。３人はまんまと皇女様に転がされているな。

３人的には皇女の『俺と喋りたかった』ってところでアウトだったかな？　妬いてくれたのは嬉しいことだけど。

しかし、結婚もしてないのに尻に敷かれるとは、いとをかし。

「あら、皆様全員婚約者だったのですね！　英雄色を好むとも言いますし。しかし、これは相当頑張らないといけませんね」

んん？　最後のほう聞き捨てならないことを口走らなかったか？　嫌な予感が俺の周りをべっとりと付きまとうんだけど。

「手紙の意味までバレたのでは仕方ありません。単刀直入に言います。冬休みが明けるまでの2ヶ月間で良いので、私と一緒に帝国へ来てほしいのです。……私の『婚約者』として」

「「「んなっ！！？」」」

「えっ……えぇぇぇーー!?」

皇女様の口から発せられた言葉は俺の耳を素通りし、俺の叫び声とともに冬の空へと飛んで行った。

ep.14

皇女の願い

皇女様はなんて言った？　もしかしなくても婚約者として帝国について来いって言ったよな。気になることはたくさんあるが、なぜ俺なのか。……いや、考えるのも面倒だな。聞けばいいだけか。

「えっと、それはどういう……？」

「もちろん、本当に私の婚約者になってほしいというわけではありません。とりあえず私が帰省する2ヶ月間だけで良いのです」

ええ……？　なにそれ。余計意味わからないんだけど。

しかし、その真意に答えてくれたのは全くの別人だった。

「アウル、その皇女様の言うことを聞いては駄目よ。その皇女様はアウルをていの良い護衛にしようとしているだけなんだから」

「アリス？」

俺の真意に答えてくれたのはアリスだった。でもなんでこんなところにいるんだろう。最近、邪神教関連で忙しかったって聞いていたけど。アリス自身はそこまで忙しくはないのかな？

「久しぶりアウル、エリーも会いたがっていたけど、あの子も忙しくってね。私だけ来たの」

エリーが会いたがっているっていうのもなんとなく怖いけど、まぁ友達だから普通か？

「あなたは、アダムズ公爵家の娘ね。あまり適当なことは言わないでほしいのだけれど？」

「間違ってはいないですよね？　あなたのお祖父様の死期が近いのでしょう？」

どういうことだ。お祖父様ってことは皇帝の父、つまりは上皇ってことか？　その死期が近いのと、俺が帝国に行くことになんの関係があるんだ？

「……王国の諜報も、あながち侮れないようですね」

「えっと、全然よくわかんないんだけど、結局どういうこと？」

「仕方ありません……。こうなっては全て説明せざるを得ないようですね。せっかくなので、ご存じかもしれませんが貴女も聞いていってください、アリスラート」

そこからは諦めたのか色々と話してくれた。要約するとこんな感じだった。
・上皇の死期が近づいており、皇帝が代替わりして新たな皇帝が誕生するかもしれない。
・上皇はリリネッタ第三皇女がお気に入りで、死ぬ前に婚約者の顔が見てみたいということ。
・上皇が死ぬ前に、将来の夫がいることを教えて安心してほしいということ。
・上皇に気に入られている第三皇女は、他の兄姉たちによく思われていないということ。
・今回の帰省を機に暗殺されるかもしれないということ。
・護衛兼婚約者役をしてほしいということ。
おおまかにはこういうことだ。要は殺されるかもしれないけど、上皇が死ぬ前に嘘でも安心させてあげたいということなのだろう。

『優しい嘘』ってやつかな。人によっては賛否両論かもしれないけど、俺は嫌いじゃない。

この皇女様がどこまで本当のことを言ってるのかはわからないけど、今言ったことは嘘じゃないはずだ。それにアリスも特に言い返していないところを見ると、信憑性は高そうだ。

「優しい嘘、ですね。なんとなくわかる気がします」

ルナは思うところがあるのか、皇女の気持ちがわかるようだ。まぁ、嘘も方便とも言うしね。

しかし、わからないことがまだある。

「でも、なんでアウル様なんですか？」

そうなのだ。俺である必要がないと思うのが正直なところだ。もっと隠密のような護衛や直接的な護衛を雇って、もっと地位のある人に将来の夫役を頼むという手も考えられる。

「……本当に思い当たる節はありませんか？」

皇女が俺の目をジッと見て聞いてくるけど、全く思い当たる節がない。

「いや、ありませんが……」

「……そうですか。……その顔から察するに、直接的な護衛を雇ってもいいのでは？　とお思いでしょうが、実際に考えてみてください。実家に護衛を連れた私がいたとして、私の兄姉たちはどう思いますか？」

……確かに。言われてみるとそうだ。護衛を連れて帰ってきたとしたら、「私は貴方たちを信用していません」と暗に言っているのと同義だ。余計な争いの火種を生む可能性すらある。

「そういうことですか。だから護衛もできる婚約者役が必要なのですね？」

「わかって頂けたようで何よりです。それに、貴方は10歳とは思えないほどに強いですから」

自慢ではないが俺は10歳にしては成長が早いほうだし、落ち着いていると思う。それに魔法も武術も困らない程度には使える。疑われない婚約者役にするには、最善ではないにしても最良ではあるということか。

「ただ、それでもまだ問題がありますよね？」

「……身分、ですか？」

「その通りです」

俺は色々な活躍をしているとはいえ平民でしかない。一応、国王からは伯爵位がもらえるとアリスから聞いている。ただ、あくまでそういった話があるというだけで、実際に貴族というわけではないし貴族になるつもりもない。

「……良くも悪くも帝国は実力主義な一面があります。最初は受け入れられるまでに多少は時間が掛かるかもしれませんが、貴方の、アウル様の実力なら問題ないでしょう。……かく言う私のお祖父様も元は平民ですしね」

そうだったのか。知らなかったとはいえ、帝国は思ったより自由な国だったんだな。平民でも皇族になれるかもって考えると、夢のある国だ。

「そうですか……」

あれ、なんかこの流れまずくないか？　このままだと帝国行くことになりそうじゃない？

ぶっちゃけ、アリスも止めろって言ってたし。

「アウル、皇女様のご兄姉はかなり好戦的なことで有名よ。長女に至っては特に残忍という噂ね」

なにそれ⁉　なんでそんな情報後出ししてくるんだよ。でも、だからこそ皇女様も焦ってるのかもしれないが。いや、今のところ行くつもりはないんだけどもね。

「無理を言っているのはわかっています。もしこの依頼を受けてくれるのであれば、貴方には如何様にもお礼をしようと考えています。ですから……どうか……。時間もあまりないんです……」

くっ……縋るような目がまるで、捨てられた仔犬のような……。

「アウル、最後に決めるのは貴方よ。それにさっきからあなたの女の子たちも黙っているでしょう？　つまりはそういうことよ」

……言われてみれば。さっきからみんなが黙って聞いている気がする。正直助ける義理もないし、悩む必要もないいんだけど。

けど、この皇女様の目は昔、商館にいた頃のルナの目に似ているんだよなぁ……。見捨てたら悔いが残るというかなんというか。我ながら甘いというか頭悪いというか。

「……お礼は何をもらえるんですか？」

「なんでも！　貴方が望むならなんでもです！　我が一族にのみ代々伝わる『ちょこれーと』という食べ物のこともお教えしますから！」

今、チョコレートと言ったか？　チョコレートと言ったらあのチョコレートのことか？

「リリネッタ第三皇女様、貴方を助けましょう。婚約者役兼護衛をぜひとも私に任せてください」

「「「えっ⁉」」」

　3人とアリスが驚いている気がするけど、この際関係ない。まさか、この世界にもチョコレートがあるとは思わなかったぞ。もしかしたら、帝国に転生した誰かが布教したのかもしれない。そのこともしかしたらわかるかもだし、俺にとっても完全にマイナスというわけでもない。むしろ、チョコレートがもらえるならプラスにさえなり得る。

「よ、よろしいのですか⁉　ありがとうございます‼」

　この皇女様、着痩せするタイプだったか。しかし、急に抱きついてくるとはなかなか大胆だな。もちろん嫌いではないが。

　はっ！　殺気⁉　それも、龍帝級⁉

「ご主人様？」

「アウル様？」

「アウル？」

　おっと〜？　まぁそうなるよね。ごめんなさい。

「……はぁ、こうなるとわかっていたから私が止めに来たのに。わかってる？　その人は他国の皇女様なのよ？　あなたに助ける義理なんて全くないのよ？」

　アリスの言う通りだ。この王女はきっとまだ俺たちに言っていないこともあるだろうし、性格にも難はある。それに、俺を騙そうとすらしていた。ここで付いていったら面倒なことに巻き込まれるであろうことも理解している。

だが、それ以上に『チョコレート』への渇望は及ばないのだ。

考えてみてほしい。今回無事に終わればチョコレートが手に入る。いずれ自分の畑を持った時、農作業の合間のおやつタイムにチョコレートケーキが出てきてみろ。

「控えめに言っても最高じゃないか？」

「なにがよ」

「ンンッ！　とにかくだ。このまま見捨てるのも忍びない。それに、帝国の第三皇女様を助けたとあったら、それはとんでもない貸しになるだろう？　王国的にも悪いことばかりではないはずだ」

「それは、そうだけど。それでも死ぬかもしれないのよ⁉」

「まぁ、なんとかなるさ。事前に準備はさせてもらうけどね」

「ふーん。ずいぶんその皇女様には優しいのね？」

なんだろう。なんとなくアリスの言葉に棘があるような気がするんだけど。

「みんなには悪いけど、皇女様の依頼を受けようと思う」

「ご主人様が決められたのなら、文句はありません」

「うふふ、もちろん私たちも付いていきますけどね」

「……アウルらしいわね」

ミレイちゃんはあまり納得していないみたいだけど、どうしたもんかな。本当は危ないからミレイちゃんには王国で待っていてほしいというのが本音なんだけど。

「ミレイちゃん、えっと」

「……アウル、私は村に帰るわ。じゃないと、みんなに上手く言い訳できないでしょ？　それに、私じゃ足手まといになるかもしれないし。ただし！　私がいないからって２人に手を出しちゃ駄目よ？　あと、お土産をたくさん買ってくること。あと、帰ってきたら一番に私に会いに来て」

　これが天使ってやつか？　可愛すぎだろう。

「わかった。ありがとう、ミレイ」

「わ、わかれば良いのよっ‼」

　本当に素敵な女性だ。ミレイちゃんにはチョコレートが手に入ったら一番に御馳走しよう。

「というわけで皇女様、その依頼受けるよ。ルナとヨミは俺のメイドか何かで連れてきたことにしようと思う」

「ええ、それで構いません。本当にありがとうございます。詳細な報酬やお礼については後日ゆっくりお話ししましょう。出発は１ヶ月後なので、万全に用意しておいてください。これは支度金よ。また、遣いをやります」

　そう言い残して皇女様は去って行った。もらった支度金は破格の白金貨１枚だ。

「ほんと、アウルはお人好しね。このことはエリーにも伝えておくわ」

　アリスも言い残して帰ってしまった。

「一時はどうなるかと思ったけど、婚約者のフリをしろってことだったんだね。少し安心した」

「ご主人様、あまり信用しすぎないほうがよろしいかと」

まぁ、そうだな。あの子は皇族だし、腹芸はお手の物だろう。もともとは手紙1つで俺を騙そうとしたり、若い騎士をあえて焚き付けて俺の実力を確認したり。色々問題はあったんだ。

「あぁ、わかってるよ」

それでもチョコレートは魅力的だ。ずっと前から欲しいと思っていたのだ。この機会を逃す理由はない。それに、あの縋るような目は嘘ではない気がするのだ。

誰かに真に助けを求めているような、あの目は。

「我儘言ってごめん。今回もよろしく頼む」

「もちろんですよ、ご主人様！」

「ふふ、いくらでも頼ってくださいね」

「私もできることはするわよ！」

「主様、いくつか問題が」

うおっ。そういえばアルフがいたんだった。完全に忘れていた。

「問題って？」

「はい、まずは所作等の稽古、皇族と会っても恥ずかしくない服装の準備、あとは毒殺等に対する用意、でしょうか」

確かに。最低限の所作は覚えないといけないな。服は適当に買うとして、毒殺への対処方法はちょっと考えよう。手土産なんかも用意したほうが良いだろうしね。

「やることはたくさんあるってわけね」

「左様でございます。幸い、ルナ様は元王女という話ですし、私も皇族相手の所作程度であればお教えできますので大丈夫でしょう」

面倒だけどやるしかないか。両親とシアには申し訳ないけど帰省は我慢してもらおう。ミレイちゃんにお土産とか色々お願いして持って行ってもらおう。

さて、あと1ヶ月で頑張って準備しますか。

10cm

久しぶりに夢を見た。

チョコレートや砂糖が身近にあり、チョコレートケーキやプリンが当たり前にあった。

夢の中の俺は少し大人びていて、周りにはルナやヨミ、ミレイちゃんの姿があった。そして彼女たちは赤子を抱きながらもお菓子を食べ、楽しそうに談笑していた気がする。

微笑ましい光景に思わず頬が緩んだのを、夢ながらに覚えている。

「この依頼が終わったら、一息つけるといいけどなぁ」

最近の俺は必要以上に頑張りすぎな気がする。これが終わったら俺、絶対のんびりするんだ。

これは決してフラグじゃないからな。

とはいえ、昨日から俺はマリアーナさんやフランゼンさん、アルフから厳しい所作指導を受けている。普通ここまでやらなくてもいいような気がするが、念には念を入れておいて損はない。

これから疑心暗鬼なドロドロの世界で皇女を守らないといけないのだから、最低限の礼節は身につけるつもりだ。

数日の努力の結果、比較的に食事関連の所作は簡単に身についた。

前世の経験も活かせるとあって、難易度はそこまで高くなかった。マナーがほとんど同じだったのが救いだな。

「主様、食事作法はほぼ問題ありませんが、もっと美味しそうにお食べください」

いや、こんな堅苦しい食事なんて全然味がわからないよ。というか、アルフが厳しいのはいいんだけど、なんでこんなに作法に詳しいんだろう。執事だから当たり前と言えば当たり前なんだけど、人間の作法にも精通しているというのも不思議だな。作法は全種族共通なのかな？

「ご主人様、歩くときはもっと背筋を伸ばすと良いかと思います」

意外とルナも厳しい。婚約者という立場になってからルナ含め、みんなとの距離感がグッと縮まったのはいいことなんだけど、一気に尻に敷かれてしまった気がしてならない。

そのほうが上手く行くような気はするけど、いざってときに男の威厳がないのは嫌だなぁ。そういう時に男を立ててくれるような女性だったら最高なんだけど。

……想像つかないな。俺が何かする前にこの3人が解決してしまいそうな気がする。皇女と話した時も割って入って来ちゃったし。今後の課題だな。

所作や作法、マナーといった貴族と接するうえでの最低限のことは覚えられたと思う。あとはその場その場で対応するとしよう。念のためにお菓子を多めに作っておいて、困ったらそれで解決しよう。

あとはウォーターベッドと羽毛布団、ロッキングチェアを複数用意した。これは個数限定での発売だったはずだから、交渉材料にできるだろう。

「あとは暗殺対策だな。魔法である程度は防げそうだけど、プロの暗殺者だったら効果が薄いし、本格的な対策は魔法だけだと難しいか」

みんなに渡しているような魔道具があれば障壁が張れるし、他に毒無効とか付与できれば最高なんだけど、あれは国宝級らしいからそう簡単に渡すわけにもいかない。

「毒無効のペンダントくらいなら大丈夫か？　あとは障壁が自動展開されるイヤリングとか」

付与能力を分散すればいいかな？　障壁は魔結晶を使って作るとして、毒無効はレティアに相談してみよう。さすがに俺1人の手に余るからな。

レティアを探すと、ソファーでムーランに魔法の基礎を教えていた。邪魔するのは忍びないけど、試行錯誤したいからな。

「レティア、悪いんだけどちょっといいかな？」

「構いませんよ。ムーラン、今から少し休憩です」

ムーランもちょうど疲れていたのか、ソファーでぐったりとしてすぐに寝息を立て始めてしまった。どうやらレティアはスパルタなのかもしれない。

「――というわけで、毒無効のペンダントを作りたいんだけど、どうしたらいいかな？」

「毒無効ですか。無理ではありませんが、必要な材料を揃えるのが難しいかもしれません。付与自体は私ができるので問題ないですが、高純度の魔結晶とミスリルが必要になりますよ？」

ミスリルはグラさんからもらったのがまだ残っているはずだ。魔結晶も自家製のならあるけど、これでいいのかな？　もしダメだったらSランク以上の魔物を狩りに行かないといけないかもしれないぞ。

「魔結晶はこれじゃダメかな？」

「む、問題なさそうですね。しかしこれほどの魔結晶ともなると、そう簡単には入手ができなかったでしょう?」

……言えない。魔石から魔結晶を作り出せるなんて、口が裂けても言えない。

「これは使っても問題ないやつだから気にしないで!」

「そうですか? では魔結晶には私のほうで付与をしますので、先にミスリルで彫金と台座部分をお願いしますね」

簡単に言ってくれるけど、本当だったらめちゃくちゃ大変な作業だぞ。龍と人間を一緒にしないでほしいところだ。まぁ、俺は魔力にものを言わせるからできるんだけどさ。

1時間かけて彫金など諸々を終わらせて、レティアに毒無効の付与をしてもらった。付与自体は一瞬で、深緑色だった魔結晶が綺麗な紫色へと変化した。雰囲気的にはアメジストだろうか。とにかくめちゃくちゃ綺麗だ。

俺も練習して3人の分もいつか作ってみようかな。

「ありがとう、レティア」

「いえいえ、この程度でしたらいつでも言ってください」

レティアはこんなにも優しくて完璧なのに、グラさんが絡むと情けなくなるんだよなぁ。2人とも自分のことには疎いというか、なんというか。とりあえず、今後も隠れて見守って行こうと思う。

レティアのおかげで毒無効のペンダントが完成した。我ながらかなりいい出来映えだと思う。

これも下手したら国宝級かもしれない。この依頼が終わったら国王にでも売りつけようかな。きっとかなり高価なはずだ。

レブラントさんに頼んでオークションに出すっていうのもありか。いずれにしろ国王の下に渡るんだろうけどさ。

「あとは服の用意か。いつもの服屋に行けばなんとかなるかな？」

「ご主人様！　私に任せてください！　完璧な服をお選び致します！」

「うふふ、ここは私にお任せください。アウル様の魅力を最大限引き出す服をお選びしますよ」

「アウル、ここは私よね？」

突如みんなのバトルが急に始まってしまった。しかも3人ともなぜか俺じゃなく3人で睨み合いっこしているし。

「みんなで行くってのは？」

「こればっかりは譲れません」

「ふふ、私も譲れませんね」

「私も譲る気はないわよ」

3人とも体から魔力が漏れているんだけど、本気すぎじゃない？

今にもバトルが始まりそうだし、ジャンケンとかで平和的に解決してほしいな。ということで、ジャンケンについて説明したところ、3人とも納得したのか真剣そのものだ。

急に高まっているこの魔力は、3人とも身体強化と視力強化を発動しているのだろう。

そこまでする理由はなんなんだ？　俺の礼服を買いに行くだけなのに。

「あっ、お買い物デートになるってことか」

だとしたら誰が俺とデートするか争っているってことだよな。理由がめちゃくちゃ可愛いんだけど。今回服を買いに行くのとは別に、みんなとデートしたいな。

「「「ジャンケンぽんっ！　あいこでしょっ！　あいこでしょっ！　あいこで〜……」」」

そこからどれだけ時間が経っただろうか。20分は軽く経っていた気がするぞ。

長い死闘の末、勝ったのはミレイちゃんだった。恩恵の賜物か、はたまた運のなせる業なのか。

いずれにしろ、帝国にミレイちゃんは行けないし、ちょうど良かったのかもしれない。

「今日はよろしくね」

「うん！　すぐに着替えてくるから待ってて！」

待つこと30分でミレイちゃんが降りてきた。髪型も少し変わっていて、服装はいつもより一段と可愛く見える。

もともと美少女ではあったけど、ゆるふわなスカートやブラウスだけでこんなにも可愛くなるとは。俺の幼馴染は最高ですか。

「お待たせ。はやく行こう、アウルっ！」

「うん！　じゃあ、行ってきま〜す！」

ほぼ初めてとも言える王都デートに、俺もミレイちゃんもドキドキで、最初は少しドギマギしたけど、それも服屋に着くまでだった。

もともと、どんな服を買わないといけないかはルナやアルフに言われているから悩むことはない。あとは細かいところや色合いなどを調整するだけだ。

正直俺はセンスがないと思うので、女の子に選んでもらえるのはかなり助かる。ミレイちゃんも王都に来てセンスが磨かれたのか、もともとよかったのかわからないが、普段着ている私服は可愛いものばかりだ。

俺も何回か買ってあげたけど、いつもは迷宮での素材を売ったりして稼いでいるらしい。ルナとヨミも全面的に協力していると言っていた。本当はお小遣いをあげようと思ったんだけど、いらないと固辞されてしまったからな。

食べ物とかのお裾分けならもらってくれていたのに、お金については小さい頃からしっかりしていた。お金をもらう場合は手伝いを絶対にしてくれていたしね。

しかし、俺は甘く見ていたらしい。今日は俺の買い物なので遅くならないと思っていた。実際に俺の服の仕立てや小物の選択など、さほど時間がかからずに終わった。

ご飯でも食べて帰ろうと思ったのだが、そうは問屋が卸さなかった。そのあと色々な雑貨屋を見て回ったり、露店を物色してみたり、ミレイちゃんの買い物に付き合ったりであっという間に夕方になっていた。

露店で買った甘酸っぱい果物は絶品だったな。また買いに行こうと思う。こう考えると、意外と王都の店でも見たことないのがチラホラあって楽しいものだ。

今回のデートで思ったことは、早々にみんなとの時間を作ったほうが良いということかな。もっとみんなと向き合う時間を増やしていこう。

ミレイちゃんと歩いていると、王都の中でも少し小高いところに着いた。そこからは王都が見渡せて、ぼんやりと明るい幻想的な景色だった。

ベンチがいくつか置かれていて、休むには最高の場所だ。

座っても綺麗な景色が一望できるから、ここはお気に入りの場所になりそうだ。

「凄い……‼　王都にこんな場所があったなんて、全然知らなかった」

「でしょ？　クラスの友達に教えてもらったの。アウルと来てみたかったんだ～」

「俺と？」

「そう。アウル、私はずーっと前からアウルのこと、好きだったんだよ」

ミレイちゃんのほうを見ると、すぐ目の前にミレイちゃんの顔があった。

顔と顔は10㎝しか離れていない。

「えっと、俺も多分、好きだったと、思います……」

緊張のしすぎで思わず敬語になってしまった。

「多分ってなによ～⁉　……まったくもう、女心はまだまだね、ふふふ」

ち、近い……！　もう少し近づけば鼻がぶつかりそうなほどに近い！

心なしかミレイちゃんの顔が赤く見えるけど、俺の顔はそれ以上に赤いはずだ。心臓の鼓動がかつてないほどに脈動している。

「あはは、めんぼくない」

「ふふ、それを含めてアウルなんだけどね」

「あはは……」

い、いいんだよな？　目、閉じているし。ここで行かなきゃ男じゃないはずだ。

勇気を出してゆっくりと顔を近づけて、不慣れながらも俺とミレイちゃんの唇が触れた。

「んっ……」

ふぉおおお！　なんて可愛い声出すんですか⁉　唇柔らかい‼　心なしか甘酸っぱい？

時間にして、どれくらいしていただろうか。緊張しすぎてよくわからなくなってしまった。

「……ぷはっ！　長いわよ！」

「ご、ごめん！　なんか止め時がわからなくて……」

思ったより長い時間してしまったらしい。でも、わからなかったんだから仕方ない。

「そ、それは私もそうだけど……、息できなくて苦しかったんだから！」

「あはは、それなら鼻で息をすればよかったのに」

「そんなの……鼻息荒いみたいで、可愛くないじゃない……」

ふぁっ⁉　いや、今の照れているミレイちゃんのほうが可愛いんですけど‼　思わずキュン死にするところでしたよ⁉

俺は堪らずもう一度キスをしてしまった。今度は唇が一瞬触れるだけのキスだ。

「ごめん、可愛くて我慢できなかった」

「〜〜っ‼」

身悶えてはいるけど、嫌そうじゃないから安心した。初キスはレモン味っていう迷信があるけど、どっちかというと、さっき食べた果物の甘酸っぱい味だったな。

あ、初キスはルナだっけ？　でも俺からしたのはこれが初めてなはずだ。

「じゃ、じゃあ、みんな待っているだろうし、帰ろうか」

「う、うん……！」

帰りは特に会話はなかったが、手だけは固く繋いでいた。

家に帰ると、俺たちの雰囲気の変化を目ざとく察知したのか、ルナとヨミにミレイちゃんが連行されていった。

ドナドナってか。

夜ご飯は、アルフが気を利かせて作ってくれていたので、それを食べた。

アルフに料理を教える際、手始めにハンバーグを教えたのだが、ハンバーグがお気に召したのか、それ以降は料理に目覚めたらしい。今となっては、物凄い勢いで吸収して色々な種類のハンバーグが食卓に上がるようになったのは記憶に新しい。

ポテサラが入ったものやチーズが入ったものなど、アルフのアレンジ力は地球人並みだと思う。

ただ毎度毎度ハンバーグってのも飽きそうだから、そろそろ違う料理も作ってほしいところだ。

結局、準備期間の一ヶ月間は学校に通いつつも作法の練習や、レブラントさんに頼んで情報収集をしていた。

あとはお菓子を作ったり、お土産を用意したりと大忙しだった。

家の管理はマリアーナさんとレティア、グラさん、ティアラにお願いしてあるから、万が一もないだろう。

というか、レティアとグラさんはいつまでここにいるんだろう。龍帝って暇なのか？

一応何かあった時のための連絡手段は用意したから問題ないはずだ。

皇女から手紙で連絡が来ていたので、今回は指定の場所に早めに到着するようにした。

しかし、なぜかすでに皇女御一行がおり、またもや若い騎士が暴走するといった場面もあったが、同じ方法で黙らせておいた。もちろん前回よりも強めに。

二度目ともなると、前回も彼の独断専行の可能性もあったな。皇女はそれを利用しただけか？

「お久しぶりですね。では早速出発いたしましょう。詳しいことは馬車の中で話します」

皇女が用意したという馬車はかなり普通に見える。というか皇女が乗るような馬車に見えないというのが印象だな。

だけど、馬は普通じゃない。魔物図鑑で見ただけだが、おそらくCランクのラピッドホースだ。御者が魔物をテイムしているってことなのかな？

「おお！」

中に入ってみると、印象ががらりと変わった。中は外から見るよりも広く、いわゆる空間拡張が行われていた。

「凄いでしょう？　これは迷宮で見つかった魔道具を使っているのですよ」

帝国にある迷宮にはずいぶんと凄い魔道具があるんだな。これは帝国にいる間に一度は潜ってみたいところだ。時間があればだが。

「改めて、今回の依頼を受けて頂きありがとうございます。これから約5日かけて帝国へと移動します。狭いかもしれませんが、どうかお寛ぎください」

本来なら10日以上かかるらしいが、魔物が牽引することでかなり短縮できるそうだ。

しかも、その速さに耐え得る強度と耐震性をこの馬車は持っているという。

馬車の中もゆったりと寛げる作りとなっていた。ソファーが完備され、小さいながらもテーブルもある。

皇女と雑談を交えながら詳細を話したり、各々休憩したりして、ゆったりとした時間を過ごしていた。

「何事もなく帝国に着けばいいですね！」

……ルナさん、それは完全にフラグです。

ep.16

男はつらいよ

ラピッドホースに牽引される馬車に乗るのは初めてだったが、乗り心地はかなり良かった。窓から外を見る限り、通常の倍以上の速さで走っているのがわかる。

何より驚いたのは、その揺れの少なさだ。速度は出ているのに、無振動とまでは言わないけど、ほぼそれに近い状態にある。

帝国でもこの馬車を持っているのは皇族と一部の上級貴族というから、希少性が高いのは間違いない。ラピッドホースもテイムするのはかなり難しいと聞くが。

希少な物を当たり前のように用意できるあたり、さすがに皇族というわけだな。

それにしても、出発の時にルナがフラグを立てちゃったけど今のところ何もない。街道沿いということもあり、襲ってくる魔物もそこまで強いのはいないので、護衛の騎士だけだけでなんとかなっている。

「そろそろお昼ですし、ここらで一度休憩致しましょうか」

皇女も馬車に乗っているのが疲れたのか、休憩したいみたいだ。正直、俺としても否はない。

馬車の中では最初こそ会話が弾んだけど、今となってはその会話も薄れている。むしろ途中からは女子3人が集まって、女子会を開き始めたくらいだ。

あんなに目の敵にしていたのに、結局仲良くなるのだから本当に女子というのはよくわからな

い。


「お昼はあそこの開けた原っぱにしましょうか」

皇女が指さしたところは、開けていて魔物も急に襲って来られるような場所じゃない。

それは、人も然りだ。

常に空間把握や気配察知をすれば確実なんだろうけど、いざという時のために魔力はあまり使いたくない。ただでさえ空間把握は魔力を使うのでなおさらだ。たまに半径５００ｍくらいは確認しているけど、それくらいだ。

「殿下、我々は周囲を警戒してまいります！」

「すみませんがお願いします」

皇女の護衛のうち半分以上が周囲の警戒に出てしまった。一応確認はしたけど、絶対ではない。警戒をするに越したことはないのだが、少し護衛がいなくなりすぎな気もするな。

考えすぎか？

考えすぎても仕方がないので、少し離れたところでテーブルとイスを出して昼食をとることにした。お昼ご飯は事前に下準備しておいたパストラミビーフサンドだ。あとは野菜やベーコンがたっぷり入ったポトフと果物だ。この果物はミレイちゃんと一緒に食べたあれだ。

皇女はきっとお付きの者が昼食を用意するだろうから、俺とルナとヨミの分だけをテーブルに取り出した。

「おい貴様！　殿下の御昼食も用意し――」

「ん？」

「――して、もらえないでしょうか！」

「昼食の準備は依頼内容にはなかったはずだけど」

「し、しかし……依頼主を置いて自分だけ、その、食べるというのも……」

なにかと突っかかってきた若い騎士は、俺に2回もやられたからか、態度は柔らかくなった。

それでも諦めないのは殿下に対する忠義ゆえか？

「冗談だよ。それくらいだったらお安い御用だ。少し待っていてくれ」

うーん、若い騎士で下っ端なはずなのに周囲の警戒に行かずに、皇女の近くで待機か。

もともと良いところの坊ちゃんだったとか？

「ご主人様っ！」

「へっ？」

「アウル様、お昼ご飯にしては少々手が込みすぎかと。ふふふ、私は嬉しいですけど」

「私も嬉しいですからね⁉」

「普通に収納を使っていらっしゃるから、皇女様や護衛の方が驚いていらっしゃいますよ？」

ルナに言われて視線を移すと、驚いているのかみんな口を開けてぽかんとしていた。ぽかんとしていないのは若い騎士だけだ。

「……。お昼はサンドイッチですので、もう少しお待ちください」

うむ、この絶妙なスルー捌き、もはや達人の域に達しているかもしれん。

具が多すぎて、メインがパンなのか具なのかわからないサンドイッチが完成した。

サンドイッチもスープも、見た目からして美味そうだ。

「うん、我ながらよくできたと思うよ。護衛の皆さんの分もあるのでよかったらどうぞ」

『『おおおっ！』』

よそっていると、警戒に出ていた騎士たちも、匂いに釣られたように帰ってきた。

護衛は全部で10人だから全員で14人分だな。十分に足りるだろう。

俺たちが食べ終わったら、警戒組とも早く替わってあげないと可哀想だ。涎を垂らしている人もいるし、お腹が空いているのだろう。

「殿下、私が先に毒見を……」

皇女を思ってか、若い騎士が毒見役に立候補したがその涎を隠さないと説得力に欠けるぞ。

「いりません。これは私のです！　あなたは自分の分を食べなさい」

「……はっ、承知しました」

若い騎士も毒見役に立候補するのは偉いんだけど、なんだか可哀想に見えてしまうな。

「んん!?　これとってても美味しいです！　ふわふわのパンとたっぷり入ったお肉と野菜が絶妙に調和しています！」

「で、では私も……むっ！　こ、これは本当に美味い‼」

至る所から「美味い」「美味しい」という声が聞こえてくるから、俺としても作った甲斐がある。

では俺も一口。

「うん、美味いっ！」

香辛料をしっかりと使ったお肉であるため、旨味が凝縮されている。それに俺が焼いたパンで挟んでいるため、かなりふわふわだ。

「ご主人様の料理はいつも美味しいです！」

「うふふ、本当においしいです。私たちも負けてられないわね、ルナ！」

「ありがとう、２人とも」

スープも芋はホクホクだし、ベーコンは一度サッと炙ってあって凄く香ばしい。しかも脂身の多いところだからか、スープに油の旨味が溶けてなお美味い。

その後、警戒してくれていた人たちと交代し、みんなが食べ終わってもまだご飯が余っていた。どうせなら食べきってしまっていいよね。皿や食器も洗いたいし。

「おかわりもまだ少しあるんで、食べたい人いたら言ってくださいね～！」

『っ‼』

「おかわり！」

どうなるかと思ったが、皇女を筆頭にみんなでちょっとずつ食べるという、なんとも平和的な結果に終わった。

これが騎士道精神ってやつかな？　……違うか。

「さて、そろそろ出発――――ん？」

出発の前に念のため広めに発動した空間把握と気配察知に、30人程度の人間を察知した。

しかも、完全に武装しているようだな。

「ここらの農民、って感じではなさそうだな。国境まであと1日あるっていうのに……」

……いや、裏を返せば王国内で皇女が死ねば、帝国的には一石二鳥なのか？

王国に賠償請求ができるうえに、跡目争いに邪魔な皇女も葬れる。もしかしたら、皇女から聞いている以上にご兄姉は悪辣かもしれんぞ。

「殿下、この先にある森の少し入ったところに賊らしき人間が30人いますが、どうしますか？」

「それは本当ですか？　……森までかなり距離がありますが」

「アウル殿、それは本当であろうな？　嘘であったらタダでは済まんぞ？」

今俺に話しかけてきたのは護衛隊長だ。筋骨隆々でバカでかい大剣を操るナイスミドル。

「間違いないです。ただの盗賊がこんなタイミングよく張っているとも思えません」

「であれば、情報が洩れていると考えるのが道理、というわけか」

「はい」

ここは帝国へ行くには絶対に通らないといけない場所の一つらしいし、森の中ゆえに罠を張るにはちょうどいいというわけか。

人通りも少ないみたいだし、なおさら好都合なのだろう。

「ただの盗賊であればいいが、そうでなければ少々厄介だな」

護衛隊長が言うことはよくわかる。護衛対象を守りながら且つ倍の人数となるとかなり厳しい戦いになるだろう。

……本来であれば、だけどね。

「護衛は自分がします。いい練習になるでしょう。ルナとヨミは騎士の人たちと一緒に賊の確保をお願い。1人は確実に生かしておいてね？」

「かしこまりました！」

「ふふ、ギリギリを見極める練習台になってもらうとしましょう」

……え、なんの⁉　怖くて聞けないよ！

怪しまれないように戦闘用意をしつつも、森の入口へと近づいた。

……動いた。これは完全に黒だな。

即座に伝声の指輪で2人に指示を送る。

「2人とも、敵さんは完全にやる気満々みたいだ。やっちゃっておしまいなさい！」

水戸黄門ってこんな気持ちだったのかな？　なんだか凄く楽しいんだけど。

2人とミレイちゃんを連れて、世直し行脚も面白そうだ。

「なっ⁉　なんでこんなところに水艶と銀雷が⁉　護衛任務は受けないんじゃないのかよ⁉」

外からは賊らしきやつらの声が聞こえてくる。

そういや2人が護衛任務を受けているのってほとんど見ないな。なんでなんだろう？

「アウルは余裕そうね。2人が心配じゃないの？」

「心配は心配だよ。……相手が、だけどね」

「それはどういう？」

「ぎゃああああああああああ‼」

唐突に外から叫び声が聞こえたので外に出てみると、騎士たちは誰も戦っておらず、ルナとヨミだけが賊を相手に戦っていた。

おおかた実力を見せようとしたんだろうけど……。

「ちょ、ちょっとやりすぎかな？」

誰一人死んでいないのに、みんな足や腕が普通じゃないほうを向いている。

もはや前衛的なアートにさえ見えてくる。というか少しグロい。

「助さん、角さん、そのへんにしておやりなさい」

「？　はい」

「うふふ、私が角さんですか？」

おっと、さっきの流れでつい。

「こいつが頭目のようです」

「ふふ、30分頂ければ全ての情報を聞き出して見せますが？」

「ほどほどにね。俺も聞きたいことがあるから」

ということで、待つこと30分。

歩くこともままならないのか、四つん這いで草むらから這い出てきた頭目。

さっきまでの好戦的な顔とは打って変わって、げそっとした顔をしている。

何をされたんだか。

「ご主人様、結果から言うとこいつらは何も知らないようです」

「え、そうなの？」

「はい。仲間の誰かが帝都の酒場で飲んでいる時、物凄い美人から情報をもらっただけのようです」

「ちなみにどんな女性だったの？」

「両目の目尻に色っぽい泣きボクロのある女だったとか」

泣きボクロねぇ。しかも両目だと？　これで長髪巨乳なら言うことなしなのだが。

「それも、長髪巨乳のいい体だったらしいです」

……敵ながら天晴である！

「ご主人様？」

「うふふ、その女は私共にお任せくださいね。ね」

「はいっ！」

あぁ、とうとう俺にも龍が牙をむきそうだよ父さん……。

あれ、なんとなくだけど、皇女の顔が険しい気がする。どうかしたのか？

「……皇女殿下、大丈夫ですか？」

「私はその女性に、心当たりがあります」

「えっ!?　誰です!?」

「その特徴はおそらく第三夫人でしょう。……思えばあの女性が嫁いで来てからというもの、ちょっとずつ何かがおかしくなっていった気がします」

帝国に着いていない段階ですでに面倒ごとが確定しているとか、考えたくもない……。ご兄姉だけじゃなくて、まさかの義母まで敵かもしれないとか地獄だろ。

これはチョコレートに釣られてまんまと依頼を受けたけど、今更ながら後悔してきた。

チョコレートだけじゃなく、色々と報酬をもらわないと割に合わないぞ。

俺の快適で優雅な農家生活を送るためにも、まだまだ必要なものはたくさんあるからな。そのための投資だと思えば、まだ頑張れる。

「皇女殿下は絶対に守りますよ。あなたに死なれては困るのでね」

じゃないと、後々我儘を聞いてもらえないからな。

「ふぇっ⁉」

「ご主人様⁉　それってどういう⁉」

「うふ、ふ……敵（ライバル）にならないいこそ仲良くなれると思ったのに……アウル様は天然の人たらしですね。……少しお仕置きが必要かしら？」

「アウル貴様ぁぁ‼　俺と戦えぇぇぇ！」

若い騎士もルナもヨミもなんで怒ってんの？

「ア、アウル様……いえ、アウル。私を絶対に守ってくださいますか？」

「当たり前だ。絶対に守るさ」

チョコレートがもらえなくなってしまうからな。

「ふみゅぅ……」

俺はなんとしてもチョコレートを手に入れて、みんなで一緒に美味しいチョコレートケーキを食べなければならないからな。

ミレイちゃんもルナもヨミも、両親もきっと気に入るだろう。なにより、シアが大きくなったら絶対に食べさせてあげたいのだ。

あとはレブラントさんとミュール夫人、アリスとエリーにもかな。

国王は……まぁいいか。リステニア侯爵も黙ってなさそうだなぁ。こう考えると俺って王都に来て、いろんな人と知り合えたんだなぁ。面倒事も多かったけど、王都に来て本当によかった。

皇女がなんかモジモジしているけど、トイレでも近いのかな。

「えっと……ルナ、ヨミ？　２人ともどうした？　……それとそこの騎士様も」

「ご主人様、今のはご主人様が悪いです」

「うふふ、アウル様がいけないんですよ？」

「アウル貴様ぁぁぁぁ！」

えぇ!?　よくわからないけど俺が悪いのか!?

「モテる男はつらいな、色男よ。……ものは相談だが、今日の晩飯には鹿肉を使った一品なんてどうだ？　美味そうな鹿が獲れたんだが」

いや、晩飯の話はあとでいいだろ、護衛隊長。どれほど俺の料理気に入ったんだよ！

俺は男にモテても嬉しくないぞ！

朝昼夜

ルナとヨミに色々と諭されてやっと理解したが、皇女は俺が言ったことを誤解して解釈してしまったらしい。……まぁ、言われてみれば確かに、と思えるほどには思わせぶりだった。

「普通にチョコレートのためだったんだけど……」

「チョコレートのためなんだからね！　勘違いしないでよね⁉」なんて今更言おうものなら、ただのツンデレにしか感じない。もはや王道すぎて逆に新鮮味すら感じるぞ。

「今はそっとしておくのがよろしいかと」

「ふふふ、私たちは護衛に専念しましょう？」

ルナとヨミの優しさが身に沁みるぜ。やっぱり持つべきものは……婚約者だな。

「あいつはなんで、さっきから俺を目の敵にしてるんだ？」

若い騎士、名を『グレンタール・ロイエン』というらしいのだが、先ほどからあからさまに俺を睨んでいる。皇女様に失礼なことを言ったからか？

「ご主人様っていつもは聡明なのに、こういう時だけ残念ですよね」

「ふふふ、そこがまた可愛げがあっていいんですよ」

俺が残念⁉　酷い言われようだな⁉

ルナの哀れんだ眼が凄いんだけど。これはこれで、うん。癖になりそうだな。

ヨミはいつも俺を甘やかしてくれるな。ちょっと母性すら感じるぞ。

「まぁ、気にしてもしょうがない。とりあえず俺からもあの頭目に確認したいことがあるんだ」

俺が確認したいのは、まだこの近くに仲間がいるのか？　ということだ。

俺たちは助かったけど、また悪さをするかもしれないからな。念のためだ。

「あぁ、それなら聞いておきましたよ。ここにいるのが全員だそうです」

おおう、さすがはヨミ。仕事が早いな。あとはその拠点の場所さえわかれば……。

「拠点についてもすでに把握済みですが、お聞きになりますか？」

え、有能すぎない？

「場所はここから約６㎞行ったところにある洞窟だそうです」

まだだいぶ先だったか。場所もこの先みたいだし、途中で拠点を潰してきてもらうとしよう。

財宝や資材は確保しておくに限る。ゴブリンやオークに再利用されても嫌だしね。

俺は護衛任務で外せないから、収納していたディンに全部任せるしかないんだけど。

「隊長殿、もう大丈夫なので先へ進みましょう。この森を抜けた先に休めそうな場所があるみたいなので、そこで野営にしませんか？」

「そうだな。森の中では些か危険か。では行くとしよう！」

空間把握のおかげで森の先に平地があるのはわかっているし、疲れたから少し休みたい。それにルナとヨミはログハウスを持っているから、皇女様も安心して休めるだろう。

屋敷を出してもいいんだけど、さすがに屋敷が出てきたら引くだろう。

そこからの進行は早かった。森の中だというのに、魔物がほとんど襲ってこなかった。

さっきの戦いで使った魔力を警戒している可能性もあるだろうけど――

「どこか妙ですね」

「アウル殿もそう思うか？」

――いくら警戒心が強い野良の魔物とはいえ、さすがに数が少なすぎる。

「何事もなければいいんですが……」

気配察知に反応はないし、おそらく大丈夫だろうけど、油断はできない。

「ところで、先ほど偶然見かけたレッサーボアを狩っておいたから、遠慮せず晩飯に使ってくれ！」

「は、はぁ……それはどうも」

この隊長、実力は申し分ないんだけど、どことなくグラさんと同じ匂いを感じてしまう。

「おお！　それはよかった！　この肉はクセがなく食べやすいことで有名だからな！　楽しみにしている！」

いつの間にかご飯は俺が担当することになってしまっている。これについても後で報酬を要求するとしよう。

森の雰囲気が変だったけど、特に何かあるわけでもなく、無事に森を抜けることができた。

野営に適した場所にもたどり着いたので、さっそく準備に取り掛かっている。

「ルナ、ヨミ、ログハウスを出してあげて」

「承知しました」

「ふふ、お優しいのですね」

いやいや、今のうちに最高の思いをしてもらっておけば、あとあと我儘が言いやすいからね。

『情けは人のためならず』だ。これは俺の座右の銘でもある。まぁ、創造神様のおかげだけど。

簡潔に言うと、全て俺のだらだらと生活するための投資なのだ。そのためなら俺は頑張れる。

「ご主人様、悪い顔していらっしゃいますよ」

「うふふ、楽しそうで何よりです」

ルナとヨミが収納からログハウスを出すと、何事かと騒ぎになったけど、護衛隊長が場を収めてくれた。

仕方ないから夜ご飯は少し気合を入れてみようと思う。

騎士の人たちが周囲の警戒に出てくれている間に、ルナとヨミが皇女をログハウスへと案内していた。中にはウォーターベッドやお風呂もある。まだ雪は降っていないが、夜になるとかなり冷える。

簡易テントを立てるつもりだったらしいけど、面倒なので俺が土魔法で部屋を作ってあげた。部屋といっても竪穴式の簡単なやつだけど。

さて、準備もできたし夜ご飯を作るだけだが、何にしようかな。冷えてきているし、せっかくだから温まれるものがいいよな。

「牡丹鍋にしようかな」

レッサーボアを切り分けて、種類ごとにお肉を分けていく。新鮮だから熟成した肉には敵わないだろうけど、十分美味しいだろう。

新鮮だから内臓も食べられるのも最大のメリットだな。

内臓は丁寧に何回も洗い、さらに清浄をかければ安全に食べられる。

あとは内臓や肉を下茹でし、灰汁や臭みを抜くのが重要だ。2回下茹でするだけで味にキレが出る。あとは野菜やキノコをざく切りにして土鍋へと入れる。さらにお湯をたっぷり入れて、そこに牡丹肉、いわゆるイノシシ肉を入れて味噌を溶けばおおよそは出来上がる。最後に料理の実で作った旨味調味料と塩を入れて味を調えれば完成だ。

ちなみに、隣の土鍋では大麦を炊いている。食べ終わった後に、ワイルドクックの卵と一緒に入れて雑炊にするのだ。疲れた体によく沁み込むだろう。

料理が完成したと同時にお風呂から出た皇女様と、警戒に出ていた護衛の人たちが帰ってきた。

「おおお！　とてもいい匂いがするぞ！」

隊長……。皇女様よりテンション高いんじゃないか？

「殿下、毒見は私が！」

「いりません。貴方もそろそろアウルを信用なさい！」

「ぐぬっ……。私ですら名前で呼ばれたことがないのに……」

やばい、あのロイエンとか言うやつの目が血走っている気がするのは俺だけだろうか。

「わぁ。とても優しい味です。お肉の旨味もそうなのですが、このキノコも普通のキノコではないように思います。あとはこの味付けしているものは何でしょう……。食べたことがない味です。とっても美味しいですよ、アウル！」

「むむむ、お前のことは好かんが、料理の腕だけは認めてやる！　これも美味い！」

ロイエンって意外といいやつなのかもしれない。意外と憎めないやつなんだよな。料理もきっちり褒めてくれるし。

隊長なんて「美味い美味い」と言って、おかわり三杯目に突入している。他の騎士も口に合ったのか、どんどん食べ進めているみたいだ。

しかし、皇女はお目が高い。キノコは森イノシシの背中から取れたやつを入れたのだ。同じイノシシなら味の調和も取れるだろうと思って入れたけど正解だったな。

この後の雑炊も大人気で、あっという間に土鍋は空になってしまった。

『ただいま戻りました、マスター』

「おかえり、ディン。雑用を頼んでしまってごめんね」

『いえ、マスターのお役に立てて光栄です。やつらのアジトと思われる洞窟を塞ぎ、中にあった財貨はこの腕輪の中に入れております』

「ありがとう。ゆっくり休んでいてね」

ディンを仕舞おうとしたら、無機物であるはずのディンの顔が、なんとなく寂しそうに見えた。

「もう少し外にいるかい？」

『……よろしいのですか？』

多分だが、ディンには明確な意思があるようだ。たまに外に出したりはしていたけど、あまり遊んだりはしていなかったな。

「うん、いいよ。ルナたちの手伝いをしてあげて」

『かしこまりました、マスター』

心なしか嬉しそうな感じだ。これからはもっと外に出してあげよう。

「あっ、ならクインも出してあげないと可哀想だな」

最近は色々あってあまり遊べなかったからな。隊長さんにはヨミに伝えておいてもらおう。

伝声の指輪で指示を出したし、すぐに動いてくれるだろう。

「クイン、出ておいで」

ふるふる！

俺に会えたのが嬉しいのか、俺の周りを飛んでいる。いつも通り頭の上に落ち着いたようだ。

「クイン、最近あまりかまってあげられなくてごめんね。今日はこの辺で野営だけど、少し前に森があったから遊びに行ってくるかい？」

ふるふる。

首を振っているってことは行かないのか。離れたくないみたいだし、ブラッシングでもするか。

夜番は騎士たちが交代でやってくれるらしいので、俺はクインと一緒にログハウスで寝た。

「――ウル、気――て！　はや――‼」

その日、何か夢を見たような気がしたのだが、思い出すことができなかった。

朝が明ける前に目が覚めた俺は、外に出ていつもの日課を行った。

周囲の魔物を刺激しないために、魔力はあまり使わないようにしていたから、杖術が中心だったけどね。

「――隊長さん、隠れているのバレバレですよ」

「わはは、アウル殿にはバレてしまうか。その歳にしてその動き、かなりの修羅場を潜ってきたようだな」

「まぁ、嗜む程度には」

「修羅場を嗜む程度か。本当に面白い……。どうだろう、俺と模擬戦をしてみないか?」

この隊長さんと模擬戦か。外見がヨルナードに似ているから、戦いやすいだろうけど、俺が負けるとはあまり思えないな。

「今、俺が負けるとは思えない、と思ったか?」

どきっ!

「いや、そんなことは――」

「よいのだ。だが、俺もそう簡単には負けんぞ。よし、やろう!」

仕方ない。これは一回戦うしかなさそうだ。まぁ、俺の実力を見せておいてもいいかな?

さすがに体格差がありすぎるから身体強化は使うとして、あとは技術の勝負だ。

互いに模擬戦用の武器を構えたところで、隊長さんがコインを上に弾いた。

あれが下に落ちたら開始だ。

チャリンッ！

10mは離れていたけど、身体強化のおかげで地面を一蹴りしただけで間合いを詰めた。

《杖術　太刀の型　瞬閃》

完全に決まったと思った。しかし、俺は気付けば地面に転がっていたのだ。

「……え？」

「わはは、俺の勝ちだな」

首元に木剣を突き付けられ、完全に俺の敗北だった。

「⁇」

「何が起こったかわからない、という顔だな」

「えっと、何をしたんですか？」

「それは言えないな。だが、一つアドバイスをしておこう。アウル殿は確かに強い。おそらく基礎能力は俺よりも上だろう。しかし、恩恵という力を無視した戦い方すぎる。まるで、恩恵のない世界から来た人間みたいだ」

言われればそうだ。相手の恩恵が何であっても、対応できると思っていた節は確かにある。

「とても勉強になりました。ありがとうございます、隊長」

「なに、アウル殿のことは弟から聞いていたからな。放っておけなかったんだ」

弟？　いったい誰だろう？

「まだわからないか？　俺はファウスト・ヒルナード、千剣のヨルナードの兄だ」

「えぇぇぇぇ⁉」

まさかヨルナードに兄がいたなんて‼　どうりで馬鹿でかい大剣を使っているわけだ。外見がヨルナードに似ていたのはそういうことだったのか。

「ちなみに、もう一人お兄さんとかいますか？」

「いや、それはたまに聞かれるんだがな、いるのは姉一人。アサナという名前だ」

こうして隊長ことヒルナードと戯れていると、皆が起き始めたので訓練は終了した。

朝ごはんは手抜きで、またサンドイッチを作って御馳走した。

「では出発だ！　今日中に国境を越えるぞ！」

『おーーー！』

食事のおかげかみんなの士気も高く、旅は順調に進んでいる。

明後日には着くというのだから物凄い。帝都はどんなところか楽しみだ。

ep.18

邂逅

結局、再び野盗のような集団に襲われることはなく、無事に国境を越えることができた。

もう一度くらい襲撃があると思ったけど考えすぎだったようだ。そして今は4日目の野営をしている最中である。

「アウル様、この辺りは私も昔見たことがあります。おそらく明日の昼には帝都に着くでしょう」

ヨミが言うには、あと一日も掛からずに帝都へと着くらしい。ということは、今日が最後の夜ご飯ということだ。

「ご主人様、夜ご飯は何を作りますか？」

「そうだなぁ〜」

皇女やヒルナードのキラッキラした目を見る限り、かなり期待してくれているのはわかる。

せっかくだし、色々と作ってみようかな！

「決めた。今日の献立は、『玉ねぎたっぷりチーズグラタン』『ピリ辛ザンギ』『麦飯』『野菜スープ』の4品だ」

どれも一度にたくさん作れるし、手間もそこまでないのに美味しいものばっかりだ。

グラタンに入れる玉ねぎは薄切りにしたものと、摺り下ろしたものの2種類を使ってある。トマトソースに玉ねぎ2種類を入れて炒めることで、普通よりも甘みが際立つのだ。

さらにお肉はオークの豚バラを少し大きめにカットして焼き、容器にペンネとあわせて入れる。その上にトマトソースをたっぷりかけてチーズとパン粉をちりばめる。あとは土魔法で簡易に作った石窯でじっくり焼けば完成だ。

醤油と果実のペースト、香辛料を混ぜ合わせた粉を入れて漬け込んだサンダーイーグルの肉を、衣を薄めにしてカラッと揚げれば異世界版ザンギの完成だ。

麦飯とスープはルナとヨミが手伝ってくれたので、料理時間はあまりかかっていない。

「で、殿下‼　毒見を――」

「いりません！」

「――はい……」

皇女様もあまり食い気味に断ってやるなよ……。ロイエンが可哀想になってきたぞ。

もはや恒例になりつつあるが、ロイエンは俺を睨むのを止めなさい。

「んん⁉　この『ぐらたん』という食べ物は凄いです！　甘いソースとチーズが絡まって絶妙なお味です！　存在感のあるお肉も胡椒が効いていて、とっても食欲をそそりますね！」

「殿下！　こっちの『ざんぎ』という食べ物も美味いですぞ！　少し辛いですがそれがまた美味い！　肉に味がついておりますゆえ、麦飯がたまりません！　こんなに香辛料を使った料理など初めて食べました。さぞ高いんでしょうね」

「くそ……騎士ではなく、料理人になれば殿下の心も射止められたのか？　悔しいが美味い……」

どれも好評のようで安心した。皇女はグラタン、ヒルナードはザンギがお気に召したようだ。

それにしても、ロイエンは皇女に恋をしていたのか。それで俺にあんなに突っかかってきていたのか。俺が婚約者として帝国に向かうのが許せないのだろう。

なんだか悪いことをしたな。根はいいやつだろうし、騎士としての仕事もしっかりやっている。少々私情を挟みすぎな気もするけど、好きな女のためと考えるなら俺は嫌いではない。

人によっては賛否が分かれるだろうけど、俺はああいう真っ直ぐなやつは応援したいタイプだ。

あと、香辛料というか料理の実で辛味を再現しただけなので、正確には香辛料ではない。けど、希少性は香辛料よりも上だろうな。めちゃくちゃ美味かったし。

最後の晩ご飯も好評だった。片付けは騎士たちが率先してやりたがったので、なぜかと思って見ていたら、皿のタレを舐めていたのを見てしまった。

気持ちはわかるが、騎士としてそれはどうなんだろうか。もちろん夜番はしなくていいと言われたので、ありがたく休ませてもらった。

朝目覚めると、すでにお決まりになっている朝食を作る。調理が面倒なので、ストックしてあるピタパンに焼いたチーズやベーコン、葉野菜を挟んだもので我慢してもらった。

「では出発だ！　今日の昼過ぎには着くだろうが、油断せず行くぞ！」

『おおー！』

ヒルナードの掛け声に応えるように騎士たちが叫んでいる。なんというか、ちょっと暑苦しいけど羨ましい気持ちもあるのは、不思議な感じだ。

　油断せずといってもここはもう帝国内だし、帝都まであと数時間というところだ。気配察知にも空間把握にも異常はない。

　……フラグじゃないぞ？

　墓穴を掘るように立てたフラグだったけど、特に回収することもなく無事に帝都へと到着した。

「これが帝都か。なんか想像の倍以上大きいな」

　どれくらいの人数が住んでいるんだろう。

「アウルでもそんな風に驚くことがあるのですね。帝都にはおよそ35～40万人が住んでいると言われています。正直、細かい数字までは把握できていませんが」

　舌をペロっと出して誤魔化す皇女に思わずドキッとしながらも、それを少しもおくびにも出さない俺は、少しはポーカーフェイスが上手くなったかもしれない。

「ご主人様！」ペロっ
「アウル様？」ペロっ
　……うちの子たちもなかなか可愛いじゃないか。ただ、俺のポーカーフェイスは見破られていたようだな。もっと精進しなければ。

「観光などもしたいでしょうが、帝城へ来て頂いてもよろしいでしょうか。お祖父様、上皇へと帰ってきた報告をしたいのです。できれば、兄姉に邪魔される前に紹介も済ませてしまいたいのですけど、駄目ですか……？」

うっ！　捨て猫ウルウル上目遣い攻撃だと？　しかもさりげなく胸を寄せているせいか、あと少しで色々見えてしまいそうだ。

「もちろん行くよ」

……ああっ⁉　くそっ！　無意識のうちに承諾させられただと⁉　この皇女なかなかやりおる。こいつの前だと一瞬も気が抜けないぜ。

「……ご主人様、楽しそうですね」

「……うふふ、この状況を楽しむことにしたみたいね」

ルナとヨミがヒソヒソと何か言っていたが、聞かなかったことにしよう。あいつらは読心力があるみたいだから、下手に反応するとドツボにはまる。

「ありがとうございます。では急ぎ参りましょう！」

皇女は本当に上皇のことが好きなんだな。挨拶と報告をしに行くのは普通だとしても、その顔が滅茶苦茶嬉しそうだ。お爺ちゃん子なのかな？

「この町並みは皇女殿下のご先祖様が考えられたものですか？」

帝都の道は王国の石畳よりも綺麗で、道幅も広いように思える。さらには区画整理もしっかりされていた。なんというか、どことなく昔の日本の町並みに似ているように感じるのだ。

建っている建物は完全に日本式ではないし、気のせいかもしれないのだが、なぜかそう感じてしまう部分が多いのだ。

「いえ、確かお祖父様がまだ若い頃ですから、今から80年前に大幅に帝都を改造したと聞いていますよ」

「ちょっと待って。上皇様は何歳なんですか？」

「たしか、今年で99歳を迎えるはずです。長生きですよね～」

日本の医療があったとしても99歳はそう簡単に実現する数字じゃないと思うのだが、異世界でそれとは凄いな。なにかの恩恵を持っているとか？

「そういう恩恵の持ち主ってことですか？」

「いえ、お祖父様の恩恵は誰も知らないのです。ただ、火魔法が得意ということが有名ですね。その昔は炎を操る皇帝で、炎帝と呼ばれていたそうです」

炎帝。こりゃまたクセのありそうな御仁だな。98歳の炎帝様に焼かれないことを祈るだけだ。

話しているうちに、いつの間にか帝城へと着いてしまっていた。

ん……？　これは、居場所を探られている？

俺の空間把握に似たような魔法か。とりあえずレジストしておこう。誰が発動しているかわからんが、幸いにも練度はそこまで高くないし、周囲に魔力の壁を作っておけば誤魔化せるだろう。

「どうかしましたか？」

「いや、なんでもない。あっ、服を着替えたほうが良いですか？　一応、それなりのを着ているつもりなんですけど」

「良くも悪くもお祖父様は豪快なので。それにその服装もよく似合っていますよ？」

この皇女、さっきからあざといんだよなぁ。さりげなくウインクしながら服装を褒めてくるとは。わかっていても悪い気はしないから不思議だ。やはり、可愛いは正義なのかもしれない。

ただ、ルナとヨミは自前のメイド服へと着替えることになった。さすがに冒険者の服を着ている２人を連れ歩いていたら、変に思われても仕方ないだろう。

ということで、俺は特に着替えることもなく上皇がいるところへと通されることになった。明らかにメイドや衛兵が俺のことを見ている気がする。あとルナとヨミにも視線が注がれている。

久しぶりに帰ってきた皇女が男を連れてきたら、そりゃ気になるか。それに、帝城内は跡継ぎ問題でギクシャクしているって言うし、皇女が婚約者を連れてきたとなれば注目の的だろう。

皇女に案内されて着いたのは、帝城内でも一際大きく綺麗に装飾された扉のある部屋だった。

「お祖父様、リリーが学院から帰って参りました。今日はその挨拶に来ました！」

「おや、リリーだって？　入りなさい！」

中から聞こえてきたのは、少し嗄れたダンディーな声だった。

皇女が扉を開けたので、その後ろに付き添うように中に入る。俺も入って良いんだよな？

「お祖父様、今日は紹介したい人がいるの。私の婚約者のアウル様よ」

皇女に紹介されたので挨拶をしようと前に出ると、俺の目の前には半身を起こしてベッドに座っている老人がいた。ただし普通の老人ではない。

服の上からでもわかるほどの筋肉に、綺麗な白髪。そして決定的だったのはその目。その瞳の色は、前世でよく見た黒目だったのだ。

「ご紹介に与りました、アウルと申します。平民という身分ではございますが、皇女殿下にはよくして頂いております。お見知り置きを」

「お――――」

「お？」

「お前の血は何色だぁぁぁぁぁあ⁉」

ファーストコンタクトの第一声は、老人とは思えないほど力強い叫びだった。

ep.19 世界は意外と狭い

上皇へ挨拶をした結果、100歳目前の老人とは思えないほどの罵声を浴びせられたのが、俺と上皇のファーストコンタクトだった。

それにしても、『お前の血は何色だぁぁぁあ！』って言われるほど恨まれることしたか⁉

初対面とは思えない。上皇が皇女の婚約者を見たいって言うから、連れてこられたと言うのに。年寄りっていうのは考えることがわからんな。

「お祖父様！　叫んではお体に障ります。少し落ち着いてください」

「う、うむ。そうだな。ワシとしたことがついカッとなってしまった」

「落ち着いたところで、まずは自己紹介をきちんとしてくださいね」

「おほん！　遅くなったが、ワシがリリーの大好きなお祖父様のミゼラル・フォン・リュートだ」

リュート……龍斗？　いや、まさかな。黒目だからってだけで、これは深読みが過ぎるか。

というか、『リリーの大好きな』って自分で言うか？　そんなところでマウントを取ってこなくても、俺は気にしないというのに。

「ふふふ、お祖父様ったらもう。自己紹介が済みましたね。ちなみにこのお2人がルナ様とヨミ様です。2人はアウル様の『従者』だそうです」

ピキッ

今、空間が凍るというか時間が止まるような音がしなかった？

２人は笑顔だし、皇女も笑顔だ。考え過ぎだったかな？

「うふふ、そうですね。私たちはアウル様のおはようからおやすみまでを共にする従者です」

おぃいいいい⁉　何言ってんの⁉　上皇に色々バレちゃうでしょうが！

ほら、上皇だって――え、なにその憐れみながら微笑んでいる顔は。

「アウルと言ったか。最初突っ掛かってしまって悪かった。お主も苦労しているのだな……」

「わかってくださいますか？」

「まぁ、とにかく！　遠いところよく帰ってきた。リリーが無事で安心したぞ。邪神教のやつらが学院を襲ったと聞いて、危うく命をかけてでも助けに行くところだったわ」

強引に持っていったな。けどファインプレーだ、爺さん。これからは親しみを込めて心の中では爺さんと呼ばせてもらうぞ。

「心配には及びません。王国の騎士団の方たちも戦ってくれましたし、アウル様が強敵を倒してくださいましたから！」

「ほう。リリー、もう少し詳しく聞かせてくれるかい？」

止めようとも思ったが、その時にはすでに遅かった。皇女によって俺が青龍帝と戦ったことや邪神教を一気になぎ倒したことが話されてしまった。

一応、ナギについては秘匿できているようで安心したが、それでも青龍帝と喧嘩したなど冗談としてもタチが悪い。

「ワシ以外にも龍と喧嘩できるやつがいたとは。世の中は広いのう。しかも、その歳でとなるとリリーも男を見る目はあるようで安心したわい」

ワシ以外にもいるなんて、って言ったのか？

それが本当なら、伊達に炎帝なんて呼ばれてないってわけね。とんでもねえ爺さんだな。

「ふふふ、ありがとうございます、お祖父様。とりあえず挨拶は済みましたし、一旦私たちは下がらせてもらいますね！」

「そうだな。ゆっくり休むといい。おっと、アウル君はちょっと残ってもらっていいかな？　リリーのことで少し話しておきたいことがあるんだが」

「わ、わかりました」

皇女のことで話したいことってなんだろう。兄姉のこととかかな？　次期皇帝に誰がなるかのことなら詳しく聞いておきたいところだけど。

上皇に促されて俺以外はみんな部屋から出て行ってしまった。

「残ってもらってすまない。本当は少し聞きたいことがあったんだ」

「聞きたいこと、ですか？」

聞きたいことってことは、皇女についてってわけではないのか。しかしいったいなにをそんなに畏まって聞こうというのだ？

『君は神を信じるかい？』

何を急に。そんな宗教勧誘みたいな質問、久しぶりに聞いたな。信じるも何も、この世界は創造神様が創ったんだから信じるに決まっている。

「もちろん、信じていますが？」

俺に第二の人生をくれた恩神だし、体や素質についても融通してくれたからな。

「そうか。今の言葉が、『理解』できるのだな？」

…………………ちょっと待て。言われるまで気付かなかったけど、今この爺さん『日本語』で喋らなかったか⁉

「えぇぇっ⁉」

「意味に気付いたようだな。そうかそうか、リリーが見つけてきた男は転生者であったか。これで少し安心できそうだの。これならあやつに殺されることもないだろう」

「ちょ、ちょっと待ってください！」

「もう遅いわい。お主も日本から転生したのであろう？　日本語で聞いたにもかかわらず、すぐさま答えたのは転生者の証だ。言語の恩恵を以てしても理解不能だというのは実験済みだ」

ぐぅっ……‼　かれこれ11年近く聞いていなかったというのに、特に違和感なく答えてしまった。これはある意味、弊害とも言えるかもしれない。

しかし、あやつに殺されるってのは、残酷だという兄姉のことだよな？

「……はぁ、その通りです。私は日本からの転生者です。ですが、お主『も』ってことはまさか？」

「龍と喧嘩できる人間なんて、チートをもらった転生者か、勇者くらいしか考えられんからの。想像通り、ワシも転生者だ」

「勇者？　勇者がこの世界にいるのですか？」

なんだかあまり聞きたくなかった情報ではあるな。勇者がいればそれに対応する宿敵がいると相場は決まっている。これが邪神だというならなんとなくわかるけど、邪神の欠片は俺もナギのために集めたいからなぁ。

勇者と喧嘩となったら、それもう人の域を脱している。いや、龍と喧嘩ってだけでも十分か。しっかし、やっぱりこの爺さんも転生者だったか。黒目はこっちの世界では珍しいし、まさかとは思ったけど本当に転生者とは。

「いや、今のこの世界に勇者はおらん。しかし、そう遠くない将来に確実に現れるだろう」

正直、気になるところではある。あるけど、最近の俺は首を突っ込みすぎる気があるからな。だらだらしたいはずなのに、気付けば面倒ごとに巻き込まれている。

今回は聞かなかったことにしよう。

「まぁ、俺には関係ないことです。改めて自己紹介しますが、アウルです。前世は北海道出身で、東京で働いていました。前世の名前は……まぁ、いいでしょう」

「奇遇だの‼　ワシも北海道出身だ。ちなみに北海道のどの辺なのだ？」

「生まれは函館ですが、そのあとは北見や釧路と道内を転々とした感じですね」

「おお！　さらに奇遇だの！　ワシも函館だ！」

おいおい、下手をすれば会ったことすらあり得るじゃないか。この世界というか元の世界含めて世間は狭いんだな。

結局、地元トークというか地球についての話題で盛り上がってしまい、あっという間に3時間が経過していた。

「これはみたらし団子じゃないか！　懐かしいの～」

「いやいや！　爺さんの作るこの煎餅もなかなかだぞ？」

3時間も腹を割って喋れば仲良くもなるというものだ。最初はどうなるかと思ったけど、斜め上を行く結果になった。それにしても、小麦粉で作れる煎餅があるとは知らなかった。

「お前さんなら、安心してリリーを任せて逝けるわい……」

「……もう長くないのか？」

「この世界に渡る際、丈夫な体をもらったおかげでこの年まで生き延びておるが、さすがに年には勝てん。もう体中ボロボロだわい。まぁ、若い頃に無茶をしすぎたというのもあるがな」

「そういうもんなのか。気休め程度にしかならないだろうけど、回復魔法をかけておくよ」

『パーフェクトヒール×3！』

「おお……？　かなり体が軽くなったわい。これであと6ヶ月は生き延びられそうだ。感謝するぞ、アウル。おっと、時間が経ちすぎているようだな。みんなの下へ戻るといい。今日の続きはまた別日に話そうぞ」

「あぁ、そうさせてもらうよ。今日は楽しかったよ、爺さん！　また今度話そうな！　そんときにはまた回復魔法かけてやるから、せいぜい長生きするんだぞ！」

そう言って爺さんと別れた。回復魔法は念入りにかけたけど、体力を回復することはできても老いは治せない。時間は誰にでも平等に訪れるからな。

あっ、さっき気配察知したのが爺さんなのか聞くのを忘れていたな。まぁ、焦らなくても今度会った時に聞けば良いか。ついついレジストしちゃったから焦っただろうなぁ。

みんなの気配を探したら、思ったより近いところに部屋があるようで、歩いて5分もしなかった。もしかしたら皇女が気を利かせて近いところで待ってくれているのかな？

「みんなお待たせ」

「ご主人様！　何もありませんでしたか⁉」

「うふふ、落ち着きなさい、ルナ。アウル様に限って問題なんてあるはずないもの」

ヨミの俺への信頼が物凄いことになっている件について。ここまで信頼されるのは嬉しいけど、ちょっとプレッシャーがあるな。ヨミの中の俺はどんな立ち位置なのか聞いてみたいわ。

「問題がなかったようで安心しました。お祖父様は一度言い出したら聞かない節がありますので。でも、ひとまずこれで第一関門は突破ですね」

第一関門ってことは、やっぱり次があるってことですよね？

「第二関門はなんなのですか？」

俺の疑問をルナが代わりに聞いてくれた。ルナは俺の考えていることをよくわかっているな。

……ルナだけに。

「第二関門は明日の晩餐会、ですね。私の両親と兄姉が一斉に集まるのです。そこには兄姉の婚約者や義母も集まります。ある意味ではお祖父様より厄介な人たちかもしれません」

いや、いずれそういうことになるとは思っていたけど、まさか明日とは。心の準備が全くできていないというのに。

「明日ですか……。まぁ、泣き言を言っても仕方ないですし、なんとかしますよ」

それに、何か仕掛けるならそこが絶好のチャンスだろう。毒を盛ってそれを誰かに押し付ける、とかね。ありきたりだが、よくある話でもある。

「申し訳ありません。ですが、それさえ終わってしまえば大きなイベントは終わりですから」

他の人がどうなろうと、正直俺には関係ないけど、この皇女様に死なれるわけにはいかない。

「あ、忘れていました。これを肌身離さずつけていてください」

「これは？」

「それは『耐毒のペンダント』です。それをつけている限り、毒で死ぬことはないでしょう」

「そ、そんな希少なものを私なんかに⁉」

希少と言っても、ルナやヨミに渡した指輪や腕輪のほうが希少なんだけどな。今回作ったペンダントはあまり付与をしてないしね。

「いえ、気にしないでください。皇女殿下のためですから」

「……そ、そう言うのであればありがたく。これで毒に耐性ができるのですね。……っ、付けて頂いてもよろしいですか？」

気が利かなかったな。でも、俺なんかが皇女にペンダントを付けてもいいのだろうか？　うわ、皇女の首って白くて細いんだな。こうして女性の首筋をまじまじと見たことなんてなかったけど、凄く綺麗だ。

「ご主人様……？」

危ない危ない。危うくトリップするところだった。

「それが皇女殿下を守ってくれますので、絶対に外さないでくださいね」

「は、はい……！」

えっと、毒無効のペンダントを渡しただけなのに、なんでそんなに潤んだ視線を送ってくるんでしょうか？　というか、ルナとヨミはなぜ俺の脇腹をつねっているのかな？　普通に痛いから。

「ご主人様、最近首元が寂しいです」

「ふふ、そうね。魔結晶のついたネックレスなんかがいいかもしれません」

……そうだね。２人は婚約者だし、先に渡すべきでした！　謝るからつねるのやめてっ‼

「今度作ったらミレイちゃんも含めて３人にプレゼントするね！」

「待っていますね！」

「ふふ、楽しみにしております」

２人のこんな笑顔が見られるなら、早めに作ってあげるんだったな。俺はまだまだ女心がわかっていなかった。

「オホン！　……まだ私がいるというのに、堂々とイチャつかないでくださいね？」

とか言いながら俺の腕に絡みつくように抱きついてくる皇女は、なかなかの猛者だと思います。特に胸をさりげなく、というかがっつり当ててくるテクニックは一流です。はい。

ピキッ

あれっ⁉　空間干渉⁉　今絶対に時間止まったよな‼

「さ、３人とも……？」

「ご主人様はそこに座ってお茶を楽しんでいてください」

「うふふふふふ」

「すぐに済みますので」

３人とも背後に討伐ランクＳの魔物が見えるんだけど。やっぱり君たちスタンド使いだよね⁉

「おおっ、このお茶美味しいな」

このあと、めちゃくちゃお茶を飲んだ。

ep.20 食卓上の心理戦①

上皇とのファーストコンタクトは概ね平和的に終わった。

久しぶりの地元トークに華が咲いてしまい、色々聞くべきことを聞きそびれてしまったが。

でも地元が一緒だったんだし仕方ないだろう。久しぶりにラッキーなピエロのハンバーガーが食べたくなってしまった。

王都に戻ったら試しに作ってみよう。

「ご主人様、今日のところはもうお休みになられますか？」

「そうだね。ちょっと早いけど疲れたし、明日も大変だろうからもう休もうかな」

「うふふ、寂しくなったらいつでも私たちの部屋へ来てくださいね。部屋はすぐ隣ですから」

ヨミの誘い方が男を悩殺するそれな件について。俺がもっと大人な男だったら、コロッとやられていた自信があるぞ。

「あはははは、ミレイちゃんに怒られそうだからやめておくよ」

ちょっと行ってみたい気もするけど、さすがにね。自分の家じゃないし。いや、物凄く行きたいけども。なんというか、背徳感やスリルっていうのか？

うーん、悪くない。

「じゃあ2人とも、お休みなさい」

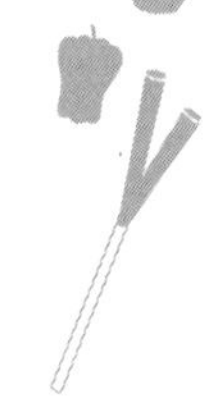

２人は自分の部屋へと戻っていった。鍵が掛けられるみたいなので、ばっちり掛けておいた。ヨミが侵入してきそうな気がしたからね。

正直なところ、ヨミとだけキスをしていないから、除け者にされたとか思ってないといいけど。ルナとしたのはほとんど記憶にないとはいえ、結果的にしているし、ミレイちゃんともしている。ヨミとだけしていない状況なのだ。

ただ、ヨミとキスしたらそれで終わらない気がしてならないから、踏み切れない節もある。

「やばい、変なことを考えていたら目が冴えてきた」

明日は大事な晩餐会だというのに……。

「仕方ない。部屋から出ても怪しいし、ここから情報収集でもしてみるか」

空間把握、感覚強化《聴覚》！

聞こえるかな……。おっ、聞こえるぞ。

この声は――男の声だな。空間把握からわかる範囲だと、背はそこまで高くないらしい。

皇女のお兄さんかな？　兄は２人いるって言っていたし、きっとどちらかだろう。

『……リリネッタめ、わざわざこんな時期に帰って来やがって。せっかくあの糞ジジイがくたばるかもしれないって時に』

おいおい、かなり物騒なこと言ってんな。でも、この言い草だと策を弄するタイプじゃないかもしれないな。

『イルワマター様、あの作戦で本当に皇帝になれるのでしょうか……？』

これは女の声だな。イルワマターの婚約者か？

しまった……‼　事前に家族や各婚約者の名前を聞いておくんだった。そうすればこいつらが誰かすぐにわかったというのに。

『もちろん。この作戦は完璧だ。計画通りいけば明日の晩餐会でリリネッタは死に、長男であるジーニウスが疑われるだろう。あとは俺が上手く処理してやれば、皇帝の座は間違いなしだ！』

『さすがです！　これでイルワマター様が皇帝になられるのですね！』

『綿密に練った計画だ。間違いなく成功するだろう。明日に備えて今日は英気を養うとするか！』

『きゃっ！　もう！　イルワマター様のスケベ！』

ここから先は18禁だな。きっと有用な話もしないだろうし、もういいだろう。

それにしても、イルワマターってなんか頭悪そうな名前だな。いや、失礼か。

「しかし、イルワマターはどうやって皇女を殺し、長男に擦り付けようとしているんだろう」

方法はわからないが、何をしようとしているかわかっただけでも良しとするか。

さて、次は――こっちも聞こえそうだな。

『ふふふふ、馬鹿のイルワマター兄上はまんまと私の策に踊らされているようね。今頃は私の部下に全ての情報を抜かれているとも知らないで浮かれているのでしょう。本当に馬鹿な兄だわ。おかげでこっちはその作戦を逆に利用してやるだけで済むんだから』

今度は女性だな。馬鹿兄と言っているということは、次男よりも下で第三皇女よりも上。おそらくこいつが次女だろう。しかし、これは……。

さっきイルワマターが話していた女性は、次女の部下だったたってことか？

婚約者がいるにもかかわらず、他の女と遊んで浮かれているとは。本当に頭が悪いな。

『しかし、油断はできませんよ。ほかの兄姉が何をしてくるかはわかりません。気を引き締めて明日に臨みましょう』

おっ、これは男の声だ。婚約者の男だろうな。

次女は次男より頭が切れるって感じか。ただ、部下が次男に抱かれているけど、なんとも思わないのか？　人として好きになれそうにないな。

『あの馬鹿が調子に乗ってジーニウスを疑ったところで、私が横槍を入れるわ。そうすればきっとジーニウス兄上もイルワマター兄上も失脚、リリーも死んで私が皇帝よ！』

『アリスティアならきっと大丈夫だよ。これを無事終わらせて僕たちの帝国を良くしていこう』

『ジルコン……んっあっあっ』

おっとー⁉　人の情事を盗み聞きする趣味はない！

にしても、明日が晩餐会だというのに、どこもお盛んなことだな。

とにかく次だ。

次は……男だな。かなり背が高そうだ。

『リリネッタが帰ってきたか。まぁ、想定内だ。おそらくイルワもティアも晩餐会の時に仕掛けてくるだろうが、問題ない』

『ジーニウス様。私は貴方さえいれば皇帝でなくても構いません。どうか、生きてくださいまし』

『いや、俺は皇族だ。そんな逃げるような生き方はしたくない。それに、俺もそう簡単にやられるつもりもない。手は打ってあるからな』

『私はジーニウス様が皇帝になるのが帝国の、ひいてはこの世界のためになると思います。ですが、私はもう貴方がいないと――』

『俺は皇帝になるよ。本当は妹弟たちにも帝国を良くするために手伝ってほしいところだがな』

『そんな日が来るのでしょうか……？』

おお、長男は案外まともだ。というか一番の常識人な気がする。

言っていることもまともだし、考え方にも共感できる。

『第三夫人であるあの人が来てから、みんな変わってしまった。俺はナターシャがいたから問題なかったが、あれは人を魅了して唆すタイプの化け物だ。ナターシャも気を付けてほしい』

『わかっております。それに私にもジーニウス様がおりますので』

『ナターシャ』

『ああっ……‼』

ねぇぇぇ‼　なんなのこの一族‼　晩餐会前日だというのに緊張感なくない⁉

だけど、一番まともだったな。個人的には長男に皇帝になって頂きたいものだ。

「第三夫人か。帝国に来る時の盗賊たちもおそらく第三夫人の差し金と考えると、要注意だな」

人を魅了、ね。魅了耐性のある魔道具なんて持ってないし、ちょっとまずいか？

両目の泣きボクロに長髪巨乳のお姉さんだぞ？

「気合いだな。うん、それしかない」

さて、お次は残忍と噂の長女だけど……この人かな？

『あぁぁぁぁ……いい‼　この机の角最高‼　あぁぁぁぁぁぁぁ‼』

「なんで机の角で自分を慰めているんだよ‼」

聞かなかったことにしよう。うん、それがいい。

「これで一応全員分だな」

とりあえずわかったのは、皇族全員スケベということくらいか。

第三皇女がどうかはわからないけど。

「ふわぁ〜、俺もそろそろ寝ようかなぁ」

いや、最後に第三夫人も探っておくか。

長髪巨乳の女性で、この城の重要そうなところにいる人だろ？

……この人かな？　ちょうど本を読んでいるみたいだな。

『あら……？　ふふふ。面白くなってきたわね』

ん？　独り言だよな？　どんな本を読んでいるか気になるところだ。そのあと15分くらい待ってみたけど、特に変なところはなさそうだし、長男が気にしすぎなだけなのか？

「よし、寝よう」

一晩ぐっすり寝た俺は、晩餐会当日を迎えた。

「おはようございます、ご主人様」

「おはようございます、アウル様。昨晩は来て頂けなくて寂しかったです」

「おはよう2人とも。いや、ヨミが寂しかったんなら逆に俺のベッドに来ればよかったのに」

鍵は掛かっていたけどな。俺をいつもからかっている罰だ。

「行ったのに鍵が掛けられていて入れませんでした……」

いや、来てたんかい。

「でも、今来ていいと仰ったので、今日は行かせてもらいます！　鍵も突破させてもらいます！」

「私も止めたんですけど」

ルナに至っては苦笑いだ。もちろん今晩も鍵は厳重に掛けておくけどね！

「おはようございます、皆様。朝食の準備ができましたので、お部屋に運んじゃいますね」

3人でふざけている間に皇女が部屋に来ていたようだ。

皇女が気を利かせて朝食を部屋で食べられるようにしてくれたらしい。

皇女含めて4人で食事をしたのだが、昨夜のことを話すか迷っている。伝えてもいいけど、城内を盗聴しましたっていうのも外聞が悪い。下手をすれば不敬罪になってしまう。

やはりここは伝えず、俺が何とかするのが無難だろうな。

皇女と朝食を終えた後は、しばしの自由時間があったが、晩餐会に出るための準備ということで、ルナとヨミは出て行ってしまった。

俺の背後に立って、給仕をしてくれるらしい。２人に頼めるのなら俺としても安心だ。朝食の時に兄姉や婚約者の名前等は確認したけど、昨日の想定通りだったから、特に勘違いとかはせずに済みそうだ。

今はちょうど一人だし、昨日の状況を整理しておこう。

《長男：ジーニウス》

・次男と次女に狙われている。

・何かしらの手を打っている。

・一番まとも。

《次男：イルワマター》

・第三皇女をなんらかの方法で殺し、それを長男に擦り付ける予定。

・女癖が悪い。

・頭が悪そう。

《長女：カミーユ》

・一番残忍という噂。

・変態。

・机の角が好き。

《次女：アリスティア》

・次男の作戦を利用し、次男と長男を失脚させる予定。
・部下を使って次男にハニートラップを仕掛けている。
・意外と頭が回りそう。
さて、どうなることやら。

部屋でぼうっとしていると、帝国のメイドさんたちが部屋に来て俺を着替えさせてくれた。

そして、すでに晩餐会の会場へと向かっている最中である。

「アウル様、このペンダント似合っていますか？」

上目遣い気味に聞いてくる皇女は本当にあざとい。

「似合っているよ、リリー」

「うふふ、良かったです！」

ギリィッ
後ろのほうから歯をすり潰すような音がしたけど、気のせいだよね。

俺と皇女は婚約者という設定なので、リリーと呼ぶようにしており、腕も組んで歩いている。

当然、ルナとヨミは面白くないわけで。あとはまぁ、ご想像にお任せします。

「では入りますよ、アウル様」

「あぁ、問題ない」

「よろしくお願いしますね。では、行きます」

晩餐会の会場である部屋に入ると、すでに兄姉らしき人たちは席に着いていた。兄姉たちの隣にいる人がそれぞれの婚約者だろう。

　気のせいかもしれないけど、一人だけ隣が空席の女性がいる。皇女にこっそり聞いておくか。

「……リリー、あの人は誰？」

「……一番上のお姉様です。婚約したと聞いたのですが、すみません。お姉さまに関する情報が入ってきていませんでしたが、もしかしたら破棄なされたのかもしれません」

　もしくは破棄された、と付け加える皇女。

　まぁ、そんなことがあったから昨日あんなに荒れていたのかな？　もしくはアレのせいで破棄されたかのどっちかだろう。まず間違いなく後者の気がするが。

　いずれにしろ、冷酷な長女という印象はなかったけどなぁ。

　とりあえずリリーに促されて席へと着いた。ルナとヨミはすでに俺の背後の壁際に立っている。

「……ん？」

　明らかに兄姉やその婚約者たちが俺とリリーを見ている。

　なんというか気まずいな。自己紹介とかいつすればいいんだろう。

　しかし、さほど悩む間もなく3人の大人が現れた。

「あれが私の父と母です。その隣にいる泣きボクロのある女性が第三夫人です。……第二夫人は病床に伏しているため欠席のようですね」

　あの人が第三夫人か。あれは確かに相当やばいな。長男が化け物と言うだけある。

　おそらく『I』か『J』はあるんじゃないだろうか。

「……あれは、やばいな」

「どこを見ているんですか、アウル様」

いててて。皇女に思いっきり足を踏まれてしまった。しかしそのおかげで我に返れたぞ。危うく魅了されるところだった。きっと魔法か呪いの類だろうな。間違いない。うむ。

リリーの両親たちが席に着くと、皇帝が喋り始めた。

「みな息災でなによりだ。今日はよく集まってくれた。リリネッタも学院が忙しい中、よく帰ってきてくれたな。父上も喜んでおられたぞ」

皇帝というだけあって、かなり威厳のある人だな。一国を束ねている人ともなると、身に纏う雰囲気が違うな。

「今日は無礼講だ。みな好きに歓談して親睦を深めようではないか」

皇帝はああ言っているけど、これからこの食卓では醜い争いが繰り広げられるとは思っていないんだろうな。文字通りの無礼講になるのだから。

「お父様。リリーが婚約者候補を連れてきているようですし、改めて自己紹介をしたほうがいいかと思います」

「おお、そうだったな。ジーニウスの言う通りだ。ではまずは私からだ。私が現皇帝のミゼラル・フォン・ペルニクスだ」

「私が第一夫人のマリナよ」

「第三夫人のルクレツィアです」

２人ともとてつもない美人だ。確かに第三夫人の両目には泣きボクロがある。

聞いていたよりもずっと美人だ。

「俺が長男のジーニウス、そして隣の彼女が婚約者のナターシャだ」

「俺は次男のイルワマター、隣が婚約者のメルミルだ」

「長女のカミーユよ」

「もう、姉さんったら不愛想なんだから。私が次女のアリスティアよ。隣が私の婚約者のジルコン。よろしくね」

聞いていた通りだったな。昨日のうちに声を聴いていたこともあって、すぐに理解できた。

「私はライヤード王国のアウルと言います。平民の身分ではございますが、リリネッタ皇女殿下には大変良くして頂いております」

俺が平民と言ったあたりで少しざわついたが、それほど拒否反応が出ることなく受け入れられた。事前に皇女が言っていた通りだったな。王国よりも身分による差別はなさそうだ。

「うむっ！　では乾杯としよう！」

皇帝が手を挙げたと同時にメイドたちが動き出した。

「今日はジーニウスが珍しいワインを見つけてきたと言うのでな。それを乾杯に使うとしよう。未成年もいるが、今日は無礼講だ。ただし、飲み過ぎはいかんぞ？」

へぇ、珍しいワイン……あれ？　ちょっと見覚えがあるな。というか、俺が作ったワインに見えるんだが。王国から流れてきたのか？

俺の前に置かれていたグラスにも酒が注がれた。この国では10歳でも酒を飲んでいいというのか？

しかも、グラスはガラス製だ。あの爺さんがガラス製のグラスを広めたに違いない。帝都にもたくさんガラスが使われていたしね。

後ろにいたルナとヨミが、俺とリリーのグラスにワインを注いでくれた。見た目は普通のワインだけど、油断はできない。

何かを仕掛けてくるとしたらここしかないはずだ。料理ともなれば、疑うことも難しくなる。

次男が長男の用意したワインに細工して毒を盛っていることが考えられる。

しかし、毒に対しては完全無効のペンダントを付けている。リリーには内緒にしているけど、ペンダントには自動障壁も付与してある。分けようと思っていたが、色々と我儘を聞いてもらうためにイヤリングではなく、全てに集約したのだ。そのほうがずっと身に着けていやすいだろうしね。

「うむ、全員にワインが行き渡ったな。積もる話や聞きたいこともたくさんあるだろうが、存分に食べてからとしよう。乾杯！」

皇帝の掛け声とともにそれぞれがグラスを掲げて、ワインを口にした。

本来ならワインを味わうところだが、俺は瞬時に自分とリリーのグラスに聖魔法キュアポイズンをかけた。念には念をだ。

全員がワインを飲みほし、席に着いたと同時に次男の顔が嫌らしく笑っているのが見えた。

予想通り、このワインに毒でも仕込んでいたのだろう。

だが、残念だったたな。

「自分は未成年でしたので、初めてのワインですがとても美味しかったです。ありがとうございます、ジーニウス様」

こんな形で自分の作ったワインを飲むことになるとは思わなかったが、めちゃくちゃ美味いな。

「アウル君も今後私たちの家族になるかもしれないんだ。そんなに堅苦しい言葉はいらないよ。気軽にジーニーとでも呼んでくれ。でも、口に合ってよかった」

俺と長男の和やかなやり取りとは裏腹に、心底驚いているような顔をしている次男。

目論見が外れたって感じの顔をしているな。

それに次いで驚いているのは次女だ。きっとリリーと俺が毒でのた打ち回ってやっと条件が揃うような作戦だったのだろう。

「ではジーニー様と。さすがに私は平民ですので。それにしても、ジーニー様は凄いですね。こんなに『美味しいワイン』を見つけるなんて。ジーニー様には色々教わりたいです」

「‼　あぁ、とても苦労して手に入れたからね。初めてだというのに味がわかるアウル君もなかなかだと思うよ。本当にリリネッタは良い男を見つけたね」

一見言葉だけ見ればただの会話だが――

『毒のワインは僕たちには効きませんよ。これくらいは美味しく飲むことができます』

『そのようだね。貴族のゴタゴタをその歳で躱すとは恐れ入ったよ。リリーが気に入るわけだ』

という裏の意味を、俺たちは会話の中に込めている。

長男もすぐにそれを悟ってくれた。本当に聡い人だ。こういう人が皇帝になったほうが、世のため人のためになるのだろうな。

しかし、長男が言っていた手は打ったというのはなんのことなんだろう?

——その時、事件は起こった。

「うぐぅ⁉」

「かはっ!」

皇帝と第一夫人が喉を押さえて苦しみ始めたのだ。

毒⁉　まずい!

俺は瞬時にキュアポイズンとパーフェクトヒールを発動したが、即効性の毒だったようだ。一命は取り留めたものの、かなり深刻なダメージを負ってしまったらしい。

俺の回復魔法は外的損傷や病を治すことには特化している。それもパーフェクトと言うだけあって、その精度は完璧だと自負している。

だが、例外はある。死んだ人は生き返らせることはできないし、寿命を戻すことはできない。

上皇がいい例だろう。パーフェクトヒールを3回かけてやっと少し元気になった程度だ。

あれは体の悪い部分を少し治したり、体力しか回復できていないからだ。

今回の皇帝と第一夫人が摂取したのはほぼ即死するはずの毒だったのだろう。それを強制的に回復させたものだから、その反動で極度の疲労と不調を起こしているはずだ。

それでも死ぬよりはよっぽどいい結果だろうけどな。

「いやぁぁぁぁぁぁぁぁぁぁぁ‼　あなた！　あなた！」

「父上⁉　父上⁉」

それぞれが驚いている中、次男と次女は青い顔をしていた。俺とリリーに飲ませるはずだった毒を、皇帝と第一夫人が飲んだとでも思っているのだろうか？

「動かないでください。今動けば状況がわからなくなります！」

「何を言っているんだ、貴様は！　平民の言うことなど聞かんぞ！」

「そうよそうよ！」

次男と次女が何としてでも動こうとしているが、それは悪手だ。

「今動けばあなた方が有力な容疑者と言わざるを得ませんが、よろしいですね？」

「「‼」」

これくらいは理解する頭があってよかった。しかし、なぜ皇帝と第一夫人が倒れたんだ？

容疑者は８人。
①長男：ジーニウス
②長男婚約者：ナターシャ
③次男：イルワマター
④次男婚約者：メルミル
⑤長女：カミーユ

⑥次女：アリスティア
⑦次女婚約者：ジルコン
⑧第三夫人：ルクレツィア
この中に犯人がいる可能性が高い。となると、全員に証言をしてもらうしかないな。

「皇帝と第一夫人は一命を取り留めていますので心配はありません」

「アウル君には本当に感謝だ。それに、誰かが毒を盛ったのは間違いないよ。証拠に――」

ジーニウスが銀食器のスプーンを、皇帝のグラスに僅かに残っていたワインに浸けると、スプーンの色が微かに変色した。

『‼』

ジーニウスが銀食器をみんなに見せると、疑惑が確信に変わった。

「アウル君は頭もキレるみたいだし、みんなの証言をまとめてもらっていいかな？」

「わかりました」

長男ジーニウスの指示のもと、みんなから証言を聞くことになった。

「この際だから言ってしまうけど、イルワマターやアリスティアが俺の用意したワインに、使用人を使って何か細工をしようとしていたのは知っていた」

「なに⁉」

「えっ、うそっ⁉」

そこでそんな反応したら認めているのと同義だぞ。

「上皇に気に入られているリリーと、その婚約者のアウル君を亡き者にしようとしていることもね。そこで俺は使用人を取り押さえ、毒が盛られないように別の使用人を用意した。これで問題なく晩餐会は終わるはずだったんだ。……しかし結果は違った」

やっぱりこの人は人間ができているな。

俺だったら徹底的に仕返しするもん。

「第三者のアウル君に証言をしていって、犯人を見つけよう。犯人ならきっと、話をしているうちにボロを出すだろうからね」

というわけで、俺が容疑者たちの話を聞くことになったのだが――

「おいおい、疑うのは勝手だがよ、こっちとしては疑われて腹が立つ。さっさと終わらせてくれよな？　こっちだって暇じゃないんだからよ！」

「そうね。私たちも一回は暗殺を企んだけど、失敗しているし。付き合う義理はないはずよ」

「もしお前が間違っていた場合、リリネッタと一緒に皇帝を毒殺しようとした犯人として追放してやるから覚えておけよ！」

こいつらは自分の立ち位置がわかっていないのだろうか？　普通に考えればそんなことを言える立場ではないとわかりそうなものだが。

いや、わかったうえで攪乱のための演技をしている可能性だってある。……これは一筋縄ではいかなそうだな。

いや、少し怪しいと思われる人物はいるが、確定ではない。もう少し証拠がほしい。

「……すまないアウル君、こんなはずではなかったんだが」

「いえ、何とかしてみせます」

でもみんな言ってないだけで、何かしら思うところがあるに違いない。なんせ、あれだけ情報を各自が集めていたんだから。

話していれば、きっと嘘が浮き彫りになるだろう。しかし、どう進めたものか……。

俺がどう進めるか悩んでいると、ぐったりとしていた皇帝ペルニクスが声を発した。

「皇帝の……名の下に、命じる……ゲホッ……『嘘を言うことを禁じる』……ゲホッ……効果は、一度きり……有効に、使え……」

そう言い残して気を失った。ひどく衰弱はしているが、呼吸はしているため問題はないだろう。

「父上の恩恵は知っています。それは『喝破』といって、本当のことを喋らせることができるというものです。父はこれを駆使して他者を蹴落とし、皇帝に成り上がったと聞いています」

ジーニウスが皇帝のことについてすぐに説明してくれた。やはり長男ともなればその辺は熟知しているのだろう。

喝破か。貴族にとって、これほど有用な恩恵はないな。なんせ、嘘を見抜くことができるんだから。だが、使いどころを考えておかないと、味方がいなくなる難しい恩恵でもあるか。

「わかりました。皇帝の意を継ぎ、全員に一つだけ質問させて頂きます」

この質問はかなり重要になる。質問を間違えれば何も情報が集まらずに終わるのだから。だが、皇帝の一言で敵を炙り出すのは容易である。

「犯人は正直に罪を自白してください。なお、間接的に関わっていても犯人とします」
①ジーニウス
「俺は何もやっていないし、犯人ではない」
②ナターシャ
「犯人は私ではありません」
③イルワマター
「俺はなにもやってないぞ⁉　どうせアリスティアがやったんだろ⁉」
④メルミル
「私も犯人ではないです」
⑤カミーユ
「私もなにもやっていないし、犯人ではない」
⑥アリスティア
「私も犯人じゃないわ‼　イルワマターお兄様も適当なこと言わないで‼」
⑦ジルコン
「自分も犯人ではないぞ」
⑧ルクレツィア
「うふふふ、私は犯人じゃないですよ」

一通り証言が出揃ったわけだけど。嘘をつくことができないはずなのに、全員が罪を否定したのだ。この中に犯人がいるはずなのに、だ。
とっかかりを探すためにも、状況を一度整理しなければ。
俺は少し離れたところで考えを巡らせ始めた。

ep.21 食卓上の心理戦②

皇帝がくれたチャンスを活かしつつ、それぞれの証言を基に考えると、全員が犯人ではないということになってしまう。しかし、この中に犯人がいるのはほぼ間違いない。

つまり、どうにかして犯人は嘘をつくことに成功しているということになる。

恩恵の力は強力なのに、嘘が可能。それは恩恵を使って回避した可能性も考えられるが……なんとなくだけど、それは違うと俺の直感が言っている。

待てよ……？　嘘を言えない状況になったのに、あの人はなんであんなことを？

俺は最初に少し怪しいと思っていたことに加え、先ほどのあの人の言動が気になる。

「アウル君、誰が犯人かわかったかい？」

「――はい、たぶん大丈夫だと思います」

ジーニウスも俺を気にかけてくれていたのか、みんなのところへと行くのに付き添ってくれた。

「みんな、アウル君は犯人がわかったらしいよ」

そもそも、今思うとイルワマターの発言はおかしかった気がする。犯人を特定できなければ俺とリリーを追放するって言っていたけど、そんなのなんの解決にもなっていない。

むしろ、この件から積極的に――。

「今回の件の犯人は、イ――」

ゾクッ‼

「……」

名前を言おうとした時、首筋がチリチリするような、悪寒が全身を駆け巡った。まるで、本能が全力で俺に訴えかけてくるような、そんな感覚だ。ざわざわと頭の中がざわつく。

まて、そもそも本当にイルワマターが犯人なのか？　確かに、昨夜の話を聞く限りでもリリーを殺害しようとしていたのは間違いない。

それを阻止するためにジーニウスが対処しているから、毒など盛られるはずがない。

アリスティアに関しては、イルワマターの作戦を流用しようとしていたはずだから、積極的な作戦と言うわけでもないはずだ。そもそものイルワマターの作戦が失敗しているのだから、アリスティアの作戦も失敗に終わっている。

そう考えると起こるはずのない事件が起きているということになるのだ。

なにかが頭の中でひっかかっている。大事な何かを見落としているような、そんな違和感が頭を離れない。

「えっと、アウル君？　犯人は誰だい？」

「おい！　早くしろよ！　毒を盛った犯人は誰なんだ！」

……毒を盛った犯人？

そういえばあの時、なんであんなことが言えたんだ……？

「イルワマター様、恥を忍んでもう一度お伺いしますが、あなたがアリスティア様を犯人だと思

った理由はなぜでしょうか？」

「なっ⁉　私を疑っているというの⁉」

「……この際だから言っておこう。俺を篭絡しようと近づいてきた女は、逆に俺が篭絡させてもらった。メルミルには悪いとは思ったがな……。生憎、俺はほかの兄妹たちほど賢くない。ただし、女の嘘に気付けないほど鈍感でもない。まぁ、家族の気持ちはわからんがな」

ちょっと意外だけど、ただの馬鹿ではなかったようだ。

「それに、俺から情報を抜こうとしていた女から、アリスティアの作戦を聞いた時はさすがにヒヤッとしたぜ。まさか、この晩餐会で兄妹全員を失脚、追放しようとしていたんだからな。そんなわけで、一応俺もそれに対する準備はしていたんだが、無駄になったよ」

全てを見破られていたアリスティアは、悔しそうに唇をかみながら服の裾を握りしめている。

馬鹿だと思っていたイルワマターに見抜かれていたのが、相当悔しいのだろう。

「改めて聞きますが、なぜアリスティア様が犯人だと思ったのですか？」

「俺はてっきり、作戦がバレたことを察して、急遽作戦を変更して親父たちを殺し、それを俺らになすり付けようとしていると思ったんだ」

なるほどな。

「最後にもう一つ、なぜ間違えた場合に私たちを追放ということにしたのですか？」

「そんなの簡単だ。アリスティアにだけ注意を払えばいいだけだし、上皇に気に入られているリリネッタはもともと邪魔だったからな。俺としては、いなくなるのならば死のうが生きようがどっちでもよかったんだ」

この人は、本当に単純でわかりやすい人だ。そして、操りやすい人でもあるのだろう。

「今ので完全に犯人がわかりました」

「いったい誰なんだよ。いい加減教えてくれ！」

イルワマターはもう我慢ができないようだな。

「できれば信じたくなかったです。犯人は——ジーニー様、いえ、ミゼラル・フォン・ジーニウス、あなただったんですね」

『ええっ⁉』

「………ちなみに、どうしてか聞いてもいいかな？　俺はやってないと否定したはずだけど」

焦ったり驚いたりはしないんだな。予想より理性的な反応だ。

「ええ。とはいっても私も危うく間違った方向へ誘導されるところでした。容疑者全員が罪を否定したことから、犯人は何かしらの対策を取ったことは想像がつきます。それが恩恵によるものなのか、それとも抜け道があったのか、とね。しかし、それでもやはり犯人は絞り切れませんでした」

「ではなぜ？」

「ジーニウス様、あなたは焦ったでしょう。皇帝が死んでおらず、さらには恩恵を使って犯人探しに協力してきたのですから」

「……どういうことかな？」

これでもまだ認めないか。思ったよりも強情だな。

「皇帝の喝破の恩恵は、私に譲渡された能力ではありません。あの場にいた全員にかけられた恩恵です。そこに俺が質問することで能力を発揮できるのです。それなのに、ジーニウス様は皇帝をフォローするように見せかけて、皇帝の喝破を逃れましたね？　かなり食い気味な説明だったのはそういう理由があったんですよね？」

「兄上……本当なのかよ‼」

「………………」

「まだ認めませんか。ではもう一つ、あなたが犯した決定的なミスをお教えしましょう」

俺もイルワマターのおかげで気付けたことだけどね。

「皇帝陛下たちが倒れる前も後も、誰も毒についてなど喋っていなかったですよね？」

「……そうだな」

まぁ、俺とジーニウスは言葉の裏に意味を込めて喋ったとはいえ、直接喋ったわけではない。

「皇帝陛下たちが倒れた後、あなたはなぜすぐに毒によるものだと判断できたんですか？　イルワマター様たちの作戦はあらかじめ潰していたんですよね？」

「それは……銀食器が変色したからだと言ったはずだが？」

これで最後だ。実の親を手にかけたんだから、それなりの報いを受けてもらおう。

人としても尊敬していたし、出会い方が違えばもっと別の結果が待っていたかもしれないだけに、非常に悲しい気持ちだ。

「ジーニウス様は、銀食器をワインに浸ける前に『誰かが毒を盛ったのは間違いない』と言ったんです。毒ではない可能性もあったのにもかかわらず、そんなことが言えるのは犯人以外に知りえないことなんです」

あの時点ではまだワインによる毒なのか、はたまた魔法によるものか、それこそ呪いの可能性もあったのだ。

銀食器を浸けた後に『毒が盛られていた』と言ったならば、俺もわからなかっただろう。

本当に些細なミスだけど、それが決定的な証拠になったというわけだ。

「……はぁ～、降参だ。アウル君の言う通り、全て俺の計画だ」

これでもシラをきられたら俺もなすすべがなかったから、ギリギリだったな。

「アウル君を少し頭の切れる子供だと思い込んだ俺の負けと言うわけか……」

「なぜこんなことを？」

「なぜだと……？　平民であるアウル君には分からないだろうね。長男にもかかわらず、三女に皇帝の座を奪われるかもしれないという屈辱が‼　良くも悪くも上皇様の影響力は絶大だ。皇帝である俺の父よりも、権力を持っていると言ってもいい」

結局はそういうことか。

「上皇に気に入られているリリネッタが皇帝になるのは揺るぎない事実だろう。リリネッタはややじゃじゃ馬なところはあるが頭もよく、行動力もある。さらに、こう見えても民からの信頼が厚いんだ。このまま父が退位してしまったら、リリネッタが皇帝になる可能性が高かったのだ。

しかし、それにも抜け道はあった」

「皇帝が突然死んだ場合、というわけですね。さらにリリーがいなくなれば好都合だった、と。だからイルワマター様の発言をあえて止めずに採用したのですね。皇女を容疑者として追放すれば都合がいいから」

「そういうことだ。そうすれば長男の俺が必然的に皇帝になれる。これには上皇も口出しできない習わしだからな。俺はただ、どうしても皇帝になりたかっただけなんだ」

皇帝になりたかった長男と、上皇が大好きな三女のすれ違い、ってわけか。

でもな――

「だとしても、あなたは自分の力で皇帝になろうとせずに逃げただけだ」

「俺は逃げてなどいない‼　野望のために手段を選ばなかったに過ぎない！」

聞こえはいいかもしれないが、どんなに言い繕ってもそれは逃げたことにほかならない。

「自分の親を殺してでも、皇帝になろうとしたその執念だけは認めます。でも、そんなの自分の力で皇帝になれないことから逃げているだけです。……皇帝と第一夫人は一命を取り留めていますし、ここからは自分で考えてください」

「……うっうっうう、ぐすっ……」

反省して泣けるうちはまだ戻れるだろう。兄妹たちはどうしていいかわからずオロオロしているが、長男のやったことを責めるようなことはしていない。

未だに呆けているのか、何か思うところがあるのか、俺にはわからないけどな。

なんにしろ、あとは家族の問題だ。長男に何かしらの罰を与えるのは俺ではなく、当事者たちであるべきだから。

皇族内でこんなことがあったと知れ渡るのはあまりいいことでないから、皇帝が回復してから決めることになるのだろう。

すでにジーニウスの心は折れているみたいだし、暴れる様子もないからね。

「ひとまずこれで一件落着、か？」

……まさかとは思うけど、念のためだ。

『セイクリッドヒール』

リリーの兄妹と両親たちに向けて、無詠唱で聖魔法をかけておいた。

ないとは思うけど、邪神教によって呪いがかけられていないかの確認だ。

「えっ⁉」

聖魔法をかけた途端、黒いモヤのようなものが兄妹たちの体からうっすらと滲み出て消えた。

……まだ事件は解決していないのかもしれない。

「ご主人様、今のはもしかして」

「呪い、ですよね？」

「……2人もそう思ったってことは、俺の勘違いじゃないみたいだね」

この件に邪神教が絡んでいる可能性が出てきたのだ。いや、邪神教のほとんどが捕まった今、呪いというだけで邪神教と決めつけるのは早計だが、警戒しておくに越したことはない。

「とにかく、今は皇帝陛下たちを回復させるのが先決だね。体力も落ちているだろうから、食堂でお腹に優しいご飯を作ってもらってきて」

「任せてください！」

「すぐに行ってきます」

俺は追加で回復魔法をかけておくとしよう。

「あれ？　第三夫人は？」

「気分が優れないからと、部屋に戻りました。あんなのを見てしまっては気分が悪くなっても仕方ないわ。……アウル、私の両親を助けてくれたんでしょ？　本当にありがとう。このお礼は絶対するから‼」

リリーの言う通り、こんなことがあったんだ。精神的に疲れてもおかしくはない。ただ、それが第三夫人というのがひっかかる。彼女の容疑は未だに晴れていないからな。

「いや、俺は俺のできることをしただけだよ」

全てはチョコレートのためだからね。

「ふふっ、それでもよ。本当にありがとう、アウル。今日は色々あったけどとても助かったわ。ここは私に任せて先に休んでいて。両親の顔色も少しずつ良くなっているみたいだし」

この部屋にいた者以外、皇帝たちが毒で倒れたことを知らない。自分で言うのもなんだが、俺の迅速な救護措置のおかげだろう。

今後のことについては、皇帝がどう判断するかによるだろう。

「じゃあ、ルナとヨミが戻ってきたら俺も部屋に戻るとするよ」

２人のことだから、きっとすぐに戻ってくるだろうしね。

「うん。また明日部屋にいくから、その時に今後のことを話しましょう」

そう言い残したリリーは、俺のもとを離れていった。

２人が戻ってくるまで待っていると、意外な人物が俺に近寄ってきた。

「両親を助けてくれてありがとう」

「カミーユ様、私はできることをしただけでございます」

「むぅ、そんな堅苦しい言葉はいらない。それにカミュでいい」

……？　なんだか聞いていたよりも大人しそうで普通な人――いや、思い出せ。昨日のことを。

「では、カミュ様と」

「うん、それでいい。それで急だけど、私の物にならない？」

長女から投げかけられた言葉は、俺の予想斜め上を行く結果だった。

犬派、猫派

「私の物にならない？」

この人は急に何を言っているのだ。いや、容姿は綺麗だし黙っていれば美女なのだが、昨夜のイメージが強すぎて、頭に何も入ってこないのだ。それに、前情報で冷酷で残酷な人とも聞いているのだが、いったいどういう風の吹き回しだ？

「……えっと、それはどういう？」

「最近、私が飼っていた婚約者(ペット)がいなくなっちゃって。代わりがほしいと思っていたの。あなたは頭も良さそうだし、見た目も悪くない。それに――」

「それに？」

「――すぐには壊れなそうだから」

やばい。この人ガチでやばいやつだ。

婚約者のことペットって呼んでるの怖すぎるよ。

「遠慮させて頂きます」

「……なんで？　一般的に見て、私は見た目も悪くないはず。それに私は皇族。それでも駄目？　あ、そういえばリリネッタの婚約者だったっけ。私の婚約者(ペット)になるなら、たまに私の体で遊ばせてあげてもいい。どう？」

……なんだと？

『私の体で遊ばせてあげてもいい？』なんてパワーワードだ。破壊力が半端ない。ミレイちゃんやルナ、ヨミで耐性ができていなかったら、無意識に頷いていた可能性があったぞ。

ゴクリ。

……確かに恐ろしい女性のようだ。しかし、俺はそんな誘惑に乗るほど、馬鹿じゃない。

しかし、格好よく答えたのは俺ではなかった。

「ご主人様は絶対に渡しません」

「うふふ、その通りです。アウル様にはもう決まった相手がいるのですから」

「そういうわけですので。他を当たってください」

「…………そう。ますます気に入った。まだ諦めないから」

カミーユはそう言い残し、俺の前から去って行った。

この一連の流れだけ見ると、美女に言い寄られているところを美女2人に助けてもらい、最初の美女が去って行くという、男子なら一度は憧れるようなシーンではある。

なんでだろう、素直に喜べない今の状況が怖いよ。

「まったく、ご主人様はなぜいつも厄介な人を惹き付けてしまうのでしょうか」

「うふふ、しかもことごとく美人というのがアウル様らしいです」

「……それは褒めているんだよね？」

それに美女だけじゃなくて、太ったお菓子好き侯爵様や村人大好き村長、それにナイスミドルな魔人執事だっているんだから、女性ばかりではない。

まぁ、女性に美人が多いのは否定できないけど。

「アウル‼　大丈夫ですか⁉」

「大丈夫です。問題ありませんよ」

リリーはカミーユが俺に接触してきたのを心配してくれたみたいだ。アリスが俺に警告していたことは、ああいうことだったのかもしれない。

「よかった……。お2人も戻られたようですし、今日はお部屋でゆっくりしてください。お食事は後で届けさせますから」

「いや、食事は自分たちでなんとかするからいいよ。大変だろうけど、助けが必要だったら言ってくださいね」

「ふふふ、ありがとう。ではまた明日」

ふぅ〜。ひとまずこれで今日は終わりか。今日はなんとかなったけど、思ったよりもリリーの護衛は大変だということがわかった。

考えすぎても仕方ないし。今日は寝よう。寝るったら寝るぞ。

ガチャガチャ
夜寝ていると、扉をガチャガチャする音で目が覚めた。きっとヨミが夜這いに来たのだろう。備え付けの鍵に加え、俺が魔法でも鍵を閉めているため、いかにヨミと言えどあれを突破してくるようなことはしないだろう。

だから、ガチャガチャやって俺の気を引こうとする程度のはずだ。

また明日何か言われるのだろうけど。

カチャン
ほら、今『カチャン』って開いた音が……音が……いま開いた音しなかった⁉

ガチャリ
えっ、鍵閉めた音も聞こえたんですけど⁉　ヨミさん、ちょっと大胆すぎやしません⁉　というか、どこで鍵を入手してきたんだ？

「寝ているみたいね。こっちとしても好都合。私の物にしてみせるって宣言してあるし、問題はない。あとは、この首輪を付ければ、アウルは私の物」

ちょっと待て。こいつ、ヨミじゃない。

カミーユだ。このまま寝たフリなんかしていたら、この人の婚約者（ペット）にされちゃう！

「いや、起きてます‼」

「むぅ……？　寝たフリなんかして、まさか私がくるのを待ってたの？」

どんなポジティブなメンヘラだよ。メンヘラ属性は近くにいなかったから、実感が湧かなかったけど、これは相当やばいぞ！

しかも、相手は皇女だから下手に怪我もさせられないし、割と逃げ場がないんじゃないか？

「大丈夫、痛いのは最初だけであとは気持ちいいだけだから」

いやいや、なんの話っ⁉　気になるけどもっ！

「その話はお断りしたはずですけど」

「私も諦めないと言ったはずだけど？」

くっ……‼　まるで話が通じない‼　どうしろってんだ⁉

こうなっては仕方ない。俺がもっとヤバいやつだと認識させるほかない‼

だってあの人の目、今にも襲いかかって来そうで怖いんだもん！

ここは、ドSキャラを演じて凌ぐしかない。SとSは共存しないはずだからな‼

「……仕方ない。俺は誰かの犬になるような趣味はないんです。どちらかと言うと、綺麗で美人な人を犬にするほうが好きなんですよ」

我ながら言っていて鳥肌が立つほど気持ち悪かった……。

「わ……私が、犬？　……それは考えたことが、なかった……」

よし！　予定通り引いているな！　この調子でいけば上手くいきそうだ！

「今まで人を服従させることしかしてこなかったカミュ様は、味わったこともないでしょうね。ほら、こんな感じですよ」

威圧‼　魔力重圧‼

我ながら気持ち悪いことばかり言っているが、俺に幻滅してもらうためだから仕方ない。

それに、弱めに発動したとはいえ、このコンボをくらってただで済むとは思えない。案の定、耐えられずに膝をついている。

「な、なにこれぇ‼　すごい、すごいよぉ⁉」

……あれ？

俺、もしかしてミスったんじゃないか？　カミーユは、机の角で自分を慰めるような真正の変態だ。そんなやつにこんな刺激を与えてしまったら――

「こんなのはじめてぇぇぇ‼　わ、私、アウルの犬になるぅぅぅ‼」

――時すでに遅し‼

「犬など要りません。とっととお部屋にお帰りください」

「あぁ‼　そんな冷たいところもいい！」

いや、打つ手なしか。

俺の安易な行動により、変態のスイッチを盛大に踏み抜いてしまった。皇族の長女がただの変態に成り下がってしまったじゃないか。

もしかして、アリスはカミーユの性癖を知っていたから、近づけさせないためにあんなことを言ったのか？

……いや、ヤバめの変態に成り下がってしまったじゃないか。

だとしたら、俺は全力でフラグを回収してしまったことになる。

「こんな気持ち初めて……。人を支配する感覚も好きだったけど、こうやって誰かに支配されるのって、とっても素敵……‼」

むしろ、余分にフラグ回収しちゃったじゃん。どうしろってんだよ、こんな変態。

もはやランドルフ辺境伯に近い何かを感じるぞ。

ここは、ミュール夫人に変態のいなし方を聞いておけばよかった。

「とりあえず、早く部屋へ帰ってください」

「うん。今日のところは戻る。この気持ちを日記に書き留めておきたいから。……また明日」

日記を書いているのか。意外と女の子らしい一面もあるんだな。変態だけど。

「厄日だ。寝よう……」

次の日、朝起きて身支度をしているとヨミとルナが部屋に入ってきた。

心なしかルナの顔が赤く、ヨミの顔がいつもより笑顔に見える。

というか完全に怒っている時の笑顔に見える。

「アウル様、昨夜はお楽しみでしたね？」

あぁぁ‼　聞こえてたってこと⁉　確かに防音障壁張っていなかったかも……。どこまで聞こえていたかわからないが、様子を見ながら話さないと墓穴を掘ってしまいそうだ。

「えっと、カミーユ様のこと、だよね？」

「もちろんです。……犬（カミーユ様）を飼われ始めたのですか？」

こ、言葉の切れ味が凄い。一言一言、鋭利な日本刀で切ってくるような威力と鋭さだ。

「いや、それは誤解だよ‼」

「どう誤解なのでしょうか？」

必死に昨日の流れについて弁明し、なんとかヨミの理解を得ることができた。

「そういうことだったのですね……。気を付けてくださいね？　あの女、相当ヤバい類の人種だと思われます」

「あぁ……、俺も昨日実感したよ」

俺とヨミがカミーユのやばさについて話している頃、顔を赤くしていたルナが口を開いた。

「ご、ご主人様！　今日も素敵だワン！」

「「…………」」

まさに時が凍り付くとはこのことだろうか。ルナが語尾にワンを付け始めたのだ。

トマトのように顔を真っ赤にして照れているルナは、いつも以上に可愛く見えてしまう。

じゃなくて！

「ご主人様のためなら、犬になるワン！」

「……色々聞きたいことはあるけど、どうしてそう思い至ったのか聞いてもいいかな？」

「昨夜、ご主人様の声が聞こえてきて、たまたま聞き取れたんです。『人を犬にする方が好きなんです』って……」

一番聞かれたくないとこをピンポイントで聞かれている⁉

「いや、だからそれは誤解で――」

「あ、あれっ⁉　猫のほうが好きだったですか、にゃ……？」

……カハッ‼

ルナのその健気な上目遣い、破壊力抜群でした。

『恩恵：真面目』

これは本当に恐ろしい恩恵だ。

「アウル様？　誤解ではなかったということですかにゃ？」

ヨミまで乗ってくるだと⁉

表現するなら、ルナは純粋で甘え上手な子猫。

対してヨミは色気たっぷりの女豹だろう。

「嫌いじゃないです。はい」

早急に猫耳と犬耳の魔道具を作ると決意した瞬間だった。

帝都観光デート

リリーが言うには、皇帝陛下と第一夫人はすでに起きており、容体も落ち着いているらしい。俺のかけた回復魔法のおかげもあって、もう心配はないそうだ。

ただ、体力の低下は避けられなかったそうで、数日の療養は必要らしい。でも、快方に向かっているそうなので本当に良かった。

ジーニウスについては部屋に軟禁してあるらしい。魔法も使えないように、特殊な魔道具で封じてあるそうだから、とりあえずは心配ないだろう。

皇帝陛下と第一夫人が元気になったら処遇を決めるだろう。まぁ、今は部屋の中で糸が切れたように落ち込んでいるらしいし、変な気は起こさないはずだ。

あと気がかりだった第三夫人だが、未だに気分が優れないらしく、部屋で休んでいると聞いた。要注意人物であったが、これはある意味で好都合だな。本来なら、皇帝陛下や第一夫人のお見舞いに行きそうなものだけど、皇族ってのはそういうことはしないのかな？

「ご主人様、今日はどうなさいますか？」

「うふふ、皇女様も皇帝陛下の代わりに忙しそうにしていますが、私たちが国家機密の書類を見るわけにもいきませんし、どうしましょうか」

そうなのだ。護衛と言ってもあんな事件があった後だから、何かが起こる可能性も低い。

そうはいっても護衛なしというのも忍びない。ディンは近くに配置させるとしても、もう一人くらいは護衛がいたほうがいいだろう。

シュガールだと目立ちすぎるし、ああいった秘密兵器は極力隠しておきたいという思惑もある。

ここは公平にじゃんけんかな。

「ディンを護衛に配置するとして、あと一人くらいは皇女の傍にいたほうがいいと思うんだ。ということで、公平にじゃんけんで決めようか」

「負けた人から順番に護衛をするということですね？」

「いずれアウル様とデートができるということですか」

まぁ、そうなるのか。誰かが護衛している間は帝都を観光できるわけだからな。

「なら今日は私が皇女様の護衛をします。ご主人様とヨミは観光してきてください」

「ルナはそれでいいの？」

「はい。ヨミには迷惑をたくさんかけてしまいましたから……」

「うふふ。ありがとう、ルナ。なにかお土産を買ってくるわね！」

俺もお金はたくさん持ってきているし、実家や村の皆にもお土産を買っていこう。あとはヨミに服とか色々買ってあげるとするか。日頃の感謝も込めてね。

今日はヨミと2人きりの帝都観光デートか。実は2人きりで出かけることってないから、いざとなるとかなり緊張してしまいそうだ。

「じゃあ行ってくるけど、護衛は頼んだよ。ディンもお願いね」

「はい、ぜひ楽しんできてください」

『お任せください、マスター』

　2人に任せておけば問題ないだろう。初めての帝都観光だ！

「アウル様、着替えて城門前集合ということでいいですか？」

「そうだね、準備ができ次第、下で待っているよ」

　女の子には準備の時間も必要だろうからね。

　俺は着替えて軽く髪を整えるだけなので、準備はすぐに終わった。

　ヨミが準備している間にリリーに一言だけ挨拶してから、帝城を出た。

「お待たせ、『アウル』」

　準備をしてきたヨミは、いつもの雰囲気とは一味違った。

　なんと表現すればいいかな。いつもの色気が大人の色気へと進化しているとでもいうべきか。

「アウル？」

　極めつけは、名前の呼び方だろう。いつもは『アウル様』と呼んでくれているのに、呼び捨てで呼んでくれている。

　ギャップというやつでしょうか。デートだから呼び方を変えてくれているのだろうけど、これは本当に堪りません。

「今日も可愛いね」

「うふふ、嬉しいです。では、行きましょうか」

今日のヨミ、いつもの5割増しで可愛いです‼

「って、城を出たのは良いけど、帝都のことなんにも知らないや」

俺としたことが事前のリサーチを怠ってしまった。

「ふふ、こんなこともあろうかと事前に情報を集めておきました。ちょうどあちらで『冬季蚤の市』が開催されているらしいので、行ってみませんか？」

さすがヨミ、できる子だ。ちなみに、情報源は城にいたメイドらしい。どこのメイドも話好きのようだな。もっとよく聞けば他にも面白い話とか出てきそうだ。

「蚤の市か、面白そうだね。行ってみようか」

蚤の市といえばいろんな掘り出し物が出てきてもおかしくない。2人がくれた『伝声の指輪』みたいなものがあったらぜひ買おうと思っている。

念話みたいな魔法が開発できていないから、魔道具に頼るしかないのが現状だ。

歩くこと20分程度で蚤の市へと着いたけど――

「……凄い人と店の数だ。これ全部見ようと思ったら一日じゃ見切れそうにないね」

人の海と表現しても言い過ぎではないくらいに、活気と規模が凄い。

なにせ、会場の一番奥が見えないほどに敷地が広く、会場全てが露店で埋め尽くされているのだというから、圧巻である。

「気になったところだけ見ましょう？」

「そうだね。なにか面白そうなものがあったら、どんどん買っていこうか」

「ふふ、楽しそうですね！」

　ヨミの提案通り面白そうな店だけを見ているけど、如何せん人が多くてはぐれそうになってしまう。手を繋いでおいたほうがいいかもな。

　ぎゅっ。

「あっ」

「はぐれそうだったから、嫌だった……？」

「い、いえ。う～～～～っ！」

　な・に・こ・れ‼

　ヨミが照れている！　顔を真っ赤にして照れている‼

　いつもヨミにはしてやられているというのに、いざ2人きりでデートとなって手を繋いだらこの反応ですよ。なんか逆に俺も恥ずかしくなってきた。

「じゃ、じゃあ続きを見て回ろうか！」

「は、はい！」

　なんか、いざデートって思うと本当に気恥ずかしいな。お風呂も一緒に入った仲だというのに。

　いや、むしろデートもなしに一緒に風呂に入っていることが問題なのか？

「アウル、あそこの露店が面白そうですよ！」

　俺の思考がヨミの一言によって引き戻された。

「寄ってらっしゃい見てらっしゃい！　ここにある黒武器はなんと！　武器迷宮とも呼ばれる迷

宮NO．7産の武器だよ！　さぁ買った！　どれも金貨10枚だ！　早い者勝ちだよ‼」

　そもそも黒武器ってなんなんだ？

「ヨミは黒武器って何か知ってる？」

「噂話程度ですが、使い手と共に成長する武器だとか」

「へぇ……」

　使い手と一緒に成長する、ねぇ。それは面白そうだ。でもそんなに凄いものならもっと売れてもよさそうだけど、なんで全く売れてないんだ？

「なんであんなに売れないんだろうね」

「聞いた話ですが、黒武器は強くなる可能性はあるものの、最初が弱すぎてそもそも使い物にならないんだそうです。それに――」

「それに？」

「――武器迷宮とも言われるNO．7迷宮では、白武器と呼ばれる真っ白の武器も出るんです。こっちのほうは最初から性能が良くて色も綺麗と人気なんだそうです。黒武器は、見た目錆びている武器にも見えますからね」

　言われてみると黒武器は錆びている武器に見えなくもない。

「でも白武器は成長しないんでしょ？」

「そうです。そもそも、アウルのような強さを求める人というのは、存外少ないんですよ？　みんな、ある程度強くなれば、満足して胡坐をかき始めますから」

そういうものなのか？　確かに、ある程度の強さを得て満足してしまう気持ちはわかるが。

「それに、強くなればなるほど危険な依頼が舞い込んできます。有名になるのは何もいいことばかりではないということです」

なるほど。強いものには責任が付きまとうってことか。ある程度強ければ安定的に稼げて楽をできるってことか。

物語なんかでも、勇者はいいように使われているだけだしな。やはり、過ぎた力は身を亡ぼすってことだな。

「なるほどね。そんな人たちには黒武器より白武器のほうが合っているってわけね」

「そういうことです」

でも惜しいな。あの黒武器は面白そうではある。……そういや、武器と言えば。

「そういえば、ガルさんに作ってもらった武器には名前を付けたの？」

「つけましたよ。水属性の短剣がウォーティ、風属性の短剣はシルフと名付けました。今では私の大事な相棒です。この子たちには何度も助けられました」

やっぱりヨミはセンスがいい。水と風にちなんでいるところがまた良いな。

短剣二振りを愛おしそうに持っているところを見ると、本当に大事にしてくれているのがすぐにわかる。手入れも行き届いていて、刃こぼれもしていない。

「俺もそろそろ武器買おうかなぁ」

ん、これは――

「おじさん、この黒いステッキみたいなやつも黒武器なの？」

「いらっしゃい！　それがねぇ、それも黒武器なんだけど、なぜか杖型なんだよ。黒武器を仕入れたときに混ざってたみたいでね。困ったことに全く売れないんだ」

いや、他の黒武器も売れてないけど。とは言わないでおく。

「これ、売ってもらってもいいですか？」

「悪いけどそれも金貨10枚だ」

「……ここで売れなかったら売れ残るんだろうなぁ」

「わかった、金貨5枚でいい」

「はい、金貨5枚」

「まいどあり～」

これでこの黒武器は俺の物だけど、やっぱり見た目は良くない。

触ってみた感想としては、別に錆びているわけではない。端から端まで全部黒いけど、いずれは持ち手の部分と先端だけはミスリルとかで加工して銀色にしたいな。

育ったら面白そうだし、ちょっと本気出してこの武器を育成してみよう。

名前はある程度育ってからということで。

「じゃあ、まだまだ時間はあるし色々見て回ろうか」

「ふふふ、もちろんです」

俺たちは自然と手を繋いで、蚤の市を回っていた。

「いや〜、蚤の市楽しかったね！」

「楽しかったです！　お目当ての魔道具も買えましたし、これでいつでも連絡が取れますね！」

「そうだね。さて、次はどこへ行こうか？」

蚤の市で色々物色していたら、伝声の魔道具を見つけることができたのだ。これがあればいつでも連絡が取れるようになる。やや値は張ったけど、いい買い物だ。

ただ、いらないオマケまで付いてきたみたいだけど。

「ヨミ、気付いてる？」

「もちろんです。伝声の魔道具を買ったあたりからずっとつけられていますね」

伝声の魔道具が高かったからか、それともヨミが綺麗だからかは不明だけど、デートの邪魔は許せんな。

「どうする？」

「うふふ、デート中は男性が女性を守るものらしいですよ？」

これは野暮なことを聞いてしまったかな。オマケには悪いが早々に立ち退いてもらおう。

ヨミの手を取って人気のない裏路地へと向かう。

「ふふふ、愛の逃避行みたいですね」

ヨミはもう少し緊張感というものを学んでほしい。

「そろそろ出てきたらどうですか？」

「へへへっ、やっぱり気づいてたのか。なら話は早いぜ。その女と金を置いてさっさと失せな。じゃないと、死ぬぜぇ〜？」

出てきたのは、いかにも冒険者崩れといった見た目のゴロツキ５人。

その手にはすでにナイフが握られている。

「正当防衛成立だな。新しく買ったステッキを試すにはちょうどいい相手だね」

収納から黒いステッキを取り出して構える。念のために身体強化をかけておくのを忘れない。

ヒルナードに言われた通り、相手の恩恵を考慮して戦う練習にもなるだろう。

「ヒャハハ、黒武器使いかよ！　そんな弱っちい武器を使うとか頭イカれてんのか⁉」

「口だけは達者だな。かかってこないならこちらからいくぞ？」

「あぁ⁉　調子に乗んなよガキが！　お前らやっちまうぞ‼」

リーダーらしき男の掛け声とともに、ゴロツキ全員が俺へと迫ってきた。

狭い路地なのに一斉に来るとは、本当に頭の悪いやつらだ。

「ふふふ、アウル頑張ってね？」

俺の後ろにいるヨミは一人だけ楽しそうだ。応えるためにもさっさと終わらせるとするか。

杖を自分の背後に真っ直ぐと伸ばして構える。

こいつらは新技で片づけてやる。

《杖術　槍の型　破城閃(はじょうせん)》

構えた杖を敵めがけて振りぬくと同時に、杖に流していた無属性魔力を一気に爆発させる。

すると巨大な無属性魔力の斬撃が発生するのだ。この技があれば頑強な城門すら破れるだろうと思って作った技だ。

もちろん、本気で使えば死人が出るほどの威力を有しているので、力はかなりセーブしている。

ちなみに、属性魔力を込めるとその属性の斬撃が飛ばせるからとても便利な技だ。

『ぐわぁぁっ！』

これで全員倒したと思ったけど、どうやら一人だけ異物が紛れ込んでいたようだ。見た目は思ったよりも小柄で華奢な男。しかし、倒れたやつらとは明らかに毛色が違う。

「ちっ、想定より強いな……」

「仲間がやられたっていうのに、えらく理性的だな」

「まぁ、仲間ってほどの仲じゃないからな」

俺を襲撃するためだけに近づいた、臨時のパーティってところか？

「で、どうする？　まだやるの？」

「いや、ここは引かせてもらおう。詫び代わりにそいつらは置いていく。衛兵にでも突き出せばいくらかは金になるだろう」

お金には困ってないけど、一応衛兵に突き出しておくか。

「もう二度と絡んでくるなよ。次来たら、こうだぞ？」

軽く魔力重圧で牽制しておく。軽めだが、はったりにはちょうどいいだろう。

「っ‼　……あぁ、肝に銘じておく。俺も命は惜しいんでね」

言い残して、小柄な男は去っていった。それにしても、誰の差し金だろう。単純に女と金目的なのか、それとも俺たちの命を狙ったのか。

おそらく後者だろうが、今はデート中だ。捕まえて尋問なんて野暮なことはしない。

しかし、何者かが俺たちを狙っているのは確実だろう。これは少し気を引き締めたほうがいいかもしれないな。

「アウル、かっこよかったです。うふふ、ドキドキしてしまいました。ほら、わかりますか？」

「え？」

むにゅん。

自然な感じで右手を掴まれ、まるで最初からそこにあるのが普通かと思えるくらい当たり前に、俺の右手を自らの左胸へと押し付けた。

「わかりますか？　今……、とってもドキドキしているんです」

「ちょ、ちょっとヨミ⁉」

むにゅむにゅん。

「んっ……‼　動かしたらだめですよぅ……？」

いやいやいや！　こっちのほうがドキドキしているから！

「もうヨミ！　また俺のことから、かって――」

またいつものようにからかわれているのかと思っていたのだが、ヨミの顔を見たらそんな考えがどこかへ行ってしまった。

「……ヨミ?」

「〜〜〜っ、今か、顔見ないでください!」

真っ赤だったのだ。ヨミの顔が今まで見たことがないくらい。

いつもはあんなに飄々としているというのに、今日は違う。

ちょっと背伸びをしている女性という感じなのだ。なんというか、絶妙に滾るな。

ヨミが頑張ってくれたんだ。俺も何かしないと、男が廃る。

「ヨミ、これからも何があっても俺が守るよ。だから、これからも俺の傍にいてほしい」

「はい……!! ありがとう、アウル! 大好きっ!」

抱き着かれたと思ったら、唇にヨミの柔らかくて瑞々しい唇が触れた。

「えへへ! 私もアウルとキスしちゃいました!」

可愛すぎて俺も我慢ができなくなってしまった。

「んむっ⁉」

やっぱり、好きな人とキスするのは、心にじんわりとくるものがある。

「んんんっ⁉」

と思っていたらヨミの舌が⁉

なんか、こう、生きてるみたいな!

「——ぷはっ! ふふふ、私もアウルの初めてもらっちゃった!」

「……ふぁい」

軽いキスと違って、舌を使った深いキスは脳髄に響く何かがありました。とだけご報告しておきます。

「アウル、まだデートはこれからだよ！」

時折出る敬語の抜けた喋り方がまた可愛い。その時は、大人の女性というよりは、年相応の少女というか、そんな感じに思えてしまう。

ヨミの笑顔は夕日のせいで、綺麗に赤く色づいていた。

ep.24 帝国の闇

ヨミとのデートは色々あったものの、大満足の結果となった。ヨミの今までにない少女な一面にドキドキさせられっぱなしだった。人気がないとはいえ、路地裏でしたキスのため人に見られるかもしれないという状況が余計に緊張した。

あのあとは大通りをぶらぶらしながら服屋さんを見て終わった。ヨミが選ぶ服はどれも大人っぽくて、色っぽいものばかりだった。そのどれもがヨミのためにあるのではないかと思えるほどに似合っているから驚きだ。

これも恩恵によるものなのだろうか？　いや、ヨミ自身の力によるところが大きい気がするな。

「うふふ、楽しかったですね、アウル様。また、今度デートしましょうね！」

名前の呼び方が戻っている。やっぱりあの雰囲気はデートの時限定なのかもしれない。

少し寂しい気もするけど、それはそれで楽しみが増えたと思おう。

「そうだね。次は邪魔が入らないといいけど」

「ふふ、あれはあれで守ってもらえた感じがするので良いものですよ？」

ヨミが小悪魔的な笑みを浮かべており、ずっと見ていると引き込まれそうになるので注意が必要だ。なんだか溺れてしまいそうで――いや、ちょっとだけ溺れてみたい気もするな。

デートを無事終えた俺たちは城へと帰還した。ルナとディンに話を聞いてみても、特に変わっ

たことはなかった。リリーは忙しく走り回っていたそうだが、基本的には近くにいたそうなので襲撃等の心配もなかったらしい。

　ひと安心とはいえ、油断はできないからな。

「あれ、ご主人様、今からお出掛けですか？　もう夜ですが」

「ああ、ちょっと野暮用でね。皇女のことは頼んだよ」

「『いってらっしゃいませ』」

　俺は今からお出掛けである。行き先は夕方出会ったあの男のところだ。あの時捕まえて尋問してもよかったのだが、悪の芽は根っこから絶とうというわけだ。

　逃げたあいつも、俺が遠くからでも追えるとは思わないだろう。こいつの依頼主が誰なのかはまだわからないが、売られた喧嘩は買ってやる。

　さてと。

　魔力サーチ。

　あの男は――いた。

「行くとするか」

　身体強化‼

　さらに隠密熊（ハイドベア）の外套を着用すれば完璧だ。これはガルさん特製なので効果は折り紙付きだ。

　人目に付くのも面倒なので、なるべく屋根の上を走るようにしているけど、もはや屋根走りもお手の物だ。あまり自慢できるような特技じゃないけど。

「あれ、街並みの雰囲気が変わってきたな。なんというか、スラム街？」

家もボロいのが多いし、夜遅くだというのに通路に座り込んでいる人や、ふらふらと歩いている人がいる。他にも、狭い路地で身売りをしている女性や、立ちんぼなんかも見える。

目を凝らしてよく見ると、俺よりも小さい子供もいるのがわかる。全員ガリガリに痩せていて、見るのも忍びないほどだ。この状況をどうにかしたいと思うほど俺は偽善的な人ではないが、やはり思うところはある。

ここは帝国だし、俺がずっといてやれるわけでもない。歯痒いな。

それにしても、かなりダークなところに来てしまった。しかし、反応があるのはここよりもさらに奥の場所だ。ここはまだスラムでも比較的浅いところなのだろう。

「ここはちょっと刺激が強すぎるな。でも、こんなに栄えている帝国でも、スラムはあるのか。なんか、意外ってほどでもないけど、どうにもならないもんなのかな」

俺が考えることではないが、リリーに何かしら進言することくらいはできるだろうか。

「あそこか。見た目はただの廃屋だけど――」

空間把握‼

地下がかなり改造されているみたいだな。ちょっとした豪邸くらいの広さがありそうだ。こんな隠れ家にいるようなやつは、碌でもない人間だろう。

でも、ロマンあるよな。地下に秘密の隠れ家があるとか、普通に憧れる。俺も実家帰ったら地下に秘密の隠れ家でも作ってみようかな。

人数は――げっ、30人以上いるじゃん……。これは面倒だな。救いなのは、ほとんどのやつが酒盛りしていることだろうか。

さっきのやつは一番奥だな。ついでに全員成敗するか。でも、こいつらがいるおかげでスラムの治安が守られている可能性もあり得るし、ひとまず生かしておくとしよう。

問題はどうやって突入するかだ。地上の廃屋部分にも見張りはいるみたいだし、無難に隠密行動をするべきだろう。

某スネークを彷彿とさせるような、華麗なスニーキングを披露してやる。あれはやり込んだゲームのうちの一つだからな。

ただ、入口に立っている男2人をどうやって誤魔化すかだけど。普通に入ってもバレない可能性はあるが、ここは万全を期しておきたい。

ふむ……。

『サンダーレイ×2』

パチンっ‼

よし、見張りの排除完了‼　ひとまずこいつらをバレない位置に移動させて、と。

ふぅ。

力業でどうにかしてしまう癖をどうにかしたい今日この頃。でも気絶させることは成功したし、よしとしよう。本当のスニーキングはここからだ。

周囲に人はいないし、ぶっちゃけ隠れる必要ないけど。

扉を開けると、建物の外見通り中もかなりボロボロだった。しかし、なぜか生活感があるというか違和感を覚えた。きっといつも人が出入りしているからなのだろう。

その証拠に、蜘蛛の巣がどこにもないし、埃がたまっていない箇所も見受けられる。

そして、観察を続けると埃のない箇所に行き止まりがあった。一見するとただの本棚にしか見えないが、一冊だけ一際汚れている本がある。

ありきたりな展開で行くと、この本を押したら本棚が動いて通路が現れるとかだろうけど、そんな夢のあるギミックは現実にあり得るのか？

「……これ以外にヒントもないし、押してみるしかないよな」

スッ　　カタン　　カチャリ
うわ、本当に開いた。すげー‼　この隠れ家を潰せたらこのギミック絶対パクろう‼

「人がいるのはまだ奥か……」

開いた通路を慎重に進むと、すぐに下へと降りる階段があり、その先にかなり大きめの広間があった。そこで30人以上の人間が酒盛りしているのがわかっている。

元からこんな建物だったのだろうか？　それともせっせと掘削して作ったのだろうか？　どちらにしろ、この建物は気合いが入っているのは間違いない。

これだけしっかりした作りなら、外面の建物を綺麗に改装すれば使い道はたくさんありそうだ。

しかも、男だけかと思ったが意外と女性もいるらしい――と思ったが、いるのは仲間の女性とかじゃない。確実に誘拐されたか奴隷のどちらかだろう。明らかに雑に扱われている。

悪は死すべし慈悲はない。スニーキングから殲滅に変更だ。

この目の前の扉の先には、悪い人たちがたくさんいる。どんな人物なのかわかっていないけど、俺に喧嘩を売ってきたやつの仲間なのは間違いないので、遠慮はしない。連帯責任ってやつだ。

よし、口実は完璧。

身体強化した体で力任せに扉を蹴破った。

「何事だ⁉」

「敵か⁉」

「敵襲⁉」

「ガキ一人だけだ！」

「殺っちまえ‼」

女性たちに奴隷紋はなく、見るからに村娘という感じだった。ということは、こいつらはギルドで討伐対象になっているレベルの悪人だろう。

泣いている娘もいれば、精神が崩壊しているのか、動く気配のない娘もいる。しかも20歳くらいの女性から10歳そこらの子供までがいるとは思わなかった。

……反吐が出る。同じ男として、ここまで腐っているとは思いたくなかった。けれど、これが現実なのだ。処遇については、捕まえてからどうするか考えよう。

『ルナ、ヨミ、急に連絡してすまない。聞こえていたら今すぐ俺のいるところまで来てくれ。場所は城から少し離れたスラム街のあたりだ。できるだけ早めで頼む』

よし、これであと10分もすれば2人が来てくれるだろう。

あの子達の保護は任せるとして、俺はこいつらを叩きのめすとしよう。

「お前らの罪を数えろ‼」

闇ギルド

俺の大好きだった某ライダーの決め台詞が華麗に決まった。

「何言ってんだてめぇ！」

「ガキのくせに調子乗んな！」

「生きて帰れると思うなよ！」

……まぁ、異世界でこんなこと言っても理解されないよな。

とにかくさっさと捕まえてしまおう。奥にいるやつに逃げられてもつまらないしね。

「迸れ稲妻、地を這い彼の者らの自由を奪え、雷獣サンダーサーペント‼」

数十匹の蛇が悪人たちに巻きつき、自由を奪っていく。攻撃してもこいつらは雷でできているため、感電するという結果になる。巻きつかれても感電するし、攻撃しても感電するのでかなり悪質な魔法だ。邪神教相手にも使ったけど、大多数を相手取る時はかなり有効だな。

我ながらこの魔法を作ったのは天才だと思う。要領もわかってきたし、そろそろ新しい魔法も考えたいところだ。

「なんだこれ⁉　んぎゃあああああ‼」

「あぁ⁉　わぁぁぁぁ！」

「や、やめてくれぇぇぇ！」

「もう悪いことはしねぇから!!」

「許してくれぇぇ!!」

阿鼻叫喚の地獄絵図とはこのことだな。

でもなんでだろう。悪人はあいつらなのに、俺が悪いみたいになっている。釈然としないな。

捕らわれていた女性たちも、なぜか俺を見る目に畏怖が宿っている。

俺が敵なのか味方なのかまだわからないからかな？　余計ヤバいやつに捕まるかもって考えたら不安になるのも仕方ないか。

「あなたたちを助けに来ました。もう安心してください。もうすぐ俺の仲間が来ますから」

中にはほぼ全裸の人もいるので、あまり見ないようにしながら毛布を手渡す。やつらのせいで汚れている人が多数なので清浄もかけておいた。

奥の部屋にいる奴らは俺の存在に気付いて完全に備えているのがわかる。幸いなことに、ここが地下だったから逃げ道を用意されていなかったようで逃げてはいない。

まぁ、その結果として完全に迎撃準備されているわけだが。ぶっちゃけ、準備していると分かっているならやりようはいくらでもある。

そろそろ2人が来る頃だろうし、ここは2人に任せておこう。きっとこの状況を見ればある程度把握してくれるだろう。

「じゃあ俺は今から奥にいるやつらを捕まえに行くから、後で来る仲間の指示に従ってください。来る仲間は女2人だから安心してくださいね」

「あ、あの……」

「えっと、ありがとうございます……？」

まだ男性を信じられないというか、俺の存在を信用し切れていない感じだろうか。いずれにせよ、彼女たちはいま精神的に辛いだろうし、無事に落ち着いてくれるといいけど。

ヨミもルナも面倒見が良いから、心配ないだろう。

ではいくか。待機呪文、感覚強化、身体強化、待機：水牢×5
「頼もう‼」

もちろんありきたりに扉ではなく、扉から4mほど隣の壁が薄くなっている場所をぶち抜いて侵入してやった。扉の前には数人武器を構えて立っているが、突如ぶち抜かれた壁を見てぽかんとしている。というか、こんなこと前にもあったような気がするな。

しかし、その隙を見逃すような俺ではない。即座に待機させていた水牢を発動して相手を捉えた。武器を持っていたとしても関係ないし、水の中なので魔法の詠唱もできないから対人技としては最強だろう。

「がぼっ……がぼぼぼぼ！」

「げほっおぼぼぼぼ」

「がぼっ…………」

「がぼっがぼっ」

「あ…………」

うーん、呼吸ができなくて溺れてしまうのが難点だな。

「解除！」

溺れて気絶寸前なので、今のうちにということで武器は全て回収した。服装的にボスであろうやつと俺を襲ってきたやつ以外はロープで縛って気絶させておいた。

「おい、お前らが夕方に俺たちを襲ってきたのはなんでだ？」

「な、なんの話だ……？」

この状況でもなおシラを切るとは。なかなかに強情だな。

「シラをきるのは良いけど、一回嘘をつくたびに指が旅に出ることになるよ。もちろん、全部旅に出たら生やしてあげる。こんな風に」

「ぎゃあああああ‼」

ボスの隣で苦しそうにしていた襲撃者の指を切り落として回復させてやった。

「もう一度聞くけど、なんで俺たちを襲ってこさせたんだ？」

「わかった‼　話すから止めてくれ！」

「早く言え」

「……闇ギルドから依頼が出た。お前らを殺せば一人当たり白金貨１００枚という報酬が出るんだ。そのせいで今頃帝都中の裏の人間がお前らを探している」

闇ギルドか。初めて聞くな。しかも一人当たり白金貨１００枚とはかなり破格だ。それだけの報酬が出ているとなると、依頼主は相当な金持ちということだろう。

「それで、対象となっているのは誰だ？」

「……お前とその仲間の2人と第三皇女の計4人が対象となっている」

しかも俺たちだけでなく、リリーまでもがその対象になっていたとは。ということはそれなりの金を持っていて、かつ俺たちのことを正確に知っている人が犯人であるということになる。

「闇ギルドについてもう少し詳しく教えてくれ」

ボスらしき人から聞いた闇ギルドについては以下のような感じだ。
・帝国を裏で牛耳る一大組織である。
・組織が巨大すぎて貴族も手が出せないでいる。
・貴族も利用することが多い。
・暗殺稼業以外にも諜報や工作活動もやっている。
・違法奴隷の調達。
というような感じらしい。裏稼業の胴元が闇ギルドということだろう。その闇ギルドがそれなりに本腰入れて俺たちを襲ってこようとしているのだ。

「お、俺たちはもうあんたたちから手を引く‼　悪事からも足を洗うから、今日のところは見逃してくれ‼　頼む‼」

「それが本当なら見逃してもいいが、1つ聞こう。あっちの部屋で囚われて嬲られていた女性達はどうしたんだ？」

「あ、あいつらが気に入ったんなら全員連れてってもらってかまわないぞ⁉」

やはり、こいつらは救えない。

「そうか、では全員連れて行く。お前らも寝ておけ。迸れ稲妻、地を這い彼の者らの自由を奪え、雷獣サンダーサーペント」

これでとりあえず全員捕らえ終えたな。——2人もちょうど到着したみたいだ。

「ご主人様、遅くなりました」

「うふふ、アウル様はどこにいっても正義の味方ですね」

「いや、そんなつもりはないんだけどね。この娘たちはこいつらに無理やり攫われたり奴隷にされた娘たちだ。精神的にも肉体的にもボロボロだろうから、そのケアを頼む」

「「かしこまりました」」

2人に詳しい話はしていなかったのに、ある程度の準備はしてくれていたらしい。本当に優秀で俺の立つ瀬がない。これで2人のおかげで服の問題も解決した。

「俺はなにか食べるもの作るから待ってて」

捕らわれていた娘たちはかなり疲弊しているけど、睡眠よりもまずは美味い飯だろう。まともにご飯も食べさせてもらってないはずだし、ここは俺が腕によりをかけて消化によくて、力の出るものを作るとしよう。

献立は、麦飯の卵粥、サンダーイーグルの香草焼き、野菜とベーコンのゴロゴロポトフ、アップルジュースの4品だ。いきなりたくさんは食べられないだろうし、揚げ物も厳しいだろう。

となると、スタミナの付く卵と鶏肉、あとは温まるポトフとビタミンの取れるジュースだ。

ちなみに、お粥に隠し味で味噌を溶かしているから、まったりとしたコクのあるお粥に仕上がっている。さらに香草焼きも丁寧に下味をつけてあるから、さっぱりと食べられる。ポトフもホロホロになるまで煮込んであるから、野菜にベーコンの旨味が染みこんで最高の出来だ。

調理道具は元々用意していたし、食材もたらふく持っていてよかったな。

「さぁ、できたよ——うわぁ⁉︎」

振り向くと、みんな口から涎を垂らして待っていたのだ。いや、確かにいい匂いだったかもしれないけども。そこまでお腹空いていたとは思わなかった。

「お腹いっぱい食べてくださいね」

俺のかけ声とともに一斉に食べ始める娘たち。ちゃっかりルナとヨミも食べているけど、お腹でも空いたのか？

今になってこの娘たちを見てみたけど、みんな美人揃いである。よくもまぁここまでハイレベルな娘を用意したものだ。顔や体で判断して攫われてきたのだろうけどね。

それにしても、この娘たちに帰る場所はあるのだろうか？

「食べながらで良いので聞いてほしい。答えにくかったら答えなくても良いけど、君たちに帰る場所や帰りを待つ人はいるかな？」

俺の問いに誰も声を上げて答える人はいなかったが、表情や視線からおおよその判断はできた。

全員家族やそれに準ずる人たちはいないのだろう。

下手したら村ごとないなどもあり得るのかもしれない。

　これはどうしたものか。さすがにこれだけの人数を抱え込むのは難しいし……。

「アウル様、この子たちについては私とルナに任せてもらえないでしょうか？」

「え、２人に？」

「はい。私たちに少し考えがあります。決してアウル様の迷惑になるようには致しませんので、どうかよろしくお願いします！」

　……ヨミは元々スラム街出身だった。こんな境遇の娘たちが放っておけないのかもしれない。ここは２人に任せてみるとしよう。出生が不明なこの娘たちをどうにかしたところで、帝国からなにか言われることもないだろうしね。

「わかった。この娘たちについては２人に任せるよ。あまり皇女の傍を離れるわけにもいかないし、とりあえずここはアルフと２人に任せて俺は城へ戻るよ。出てきて、アルフ」

「お呼びですかな、主様」

　アルフは頭もいいし知識も凄い。とりあえず任せても問題ないだろう。

「２人の相談に乗ってあげて。俺は城へ戻るからよろしく頼むね」

「かしこまりました。私にお任せください」

　よし、これでとりあえずは問題ないだろう。それにしても闇ギルドか。かなり厄介そうなやつがちょっかいを出してきたな。

　俺達と皇女を狙っているのが誰かわからないが、早めに闇ギルドを突き止めて、依頼主を探し出したほうがいいだろう。同時に皇女も護衛しないといけないし。

ちょっと人手が足りない、か？

今はディンが護衛してくれているけど、ディンの力にも限界はある。とりあえず今回の出来事を皇女に相談してみてからだ。

何か心当たりや情報を知っている可能性もある。いずれにせよ、今後さらに事件が起きるのは確定だろう。

俺の知らない貴族勢力か、はたまた第三夫人か、まさかの他の兄姉たちか。判断は付かないがこれを明らかにしないと皇女を守るのは難しいな。

「あぁ、俺ってなんでこんなに貧乏くじ引くんだろう……」

またもや面倒ごとに巻き込まれているのに気が付いた瞬間だった。

Mノベルス

勇者パーティーを追放された白魔導師、Sランク冒険者に拾われる

White magician exiled from the Hero Party, picked up by S-rank adventurer

～この白魔導師が規格外すぎる～

水月 穹

ill. DeeCHA

「実力不足の白魔導師は要らない」白魔導師であるロイドはある日、勇者パーティーを追放されてしまう。職を失ってしまったロイドだったが、たまたまSランクパーティーのクエストに同行することになる。この時はまだ、勇者パーティーが崩壊し、ロイドが名声を得ていくことを知る者はいなかった——。これは、自分を普通だと思い込んでいる、規格外の支援魔法の使い手が冒険者になり、無自覚に無双する物語。『小説家になろう』で大人気の追放ファンタジー、開幕！

Mノベルス

発行・株式会社　双葉社

のんべんだらりな転生者（てんせいしゃ）
～貧乏農家（びんぼうのうか）を満喫（まんきつ）す～④

2021年12月1日　第1刷発行

著　者　咲く桜（さ さくら）

発行者　島野浩二

発行所　株式会社双葉社
〒162-8540　東京都新宿区東五軒町3番28号
［電話］03-5261-4818（営業）　03-5261-4851（編集）
http://www.futabasha.co.jp/（双葉社の書籍・コミック・ムックが買えます）

印刷・製本所　三晃印刷株式会社

［電話］03-5261-4822（製作部）
ISBN 978-4-575-24469-4 C0093